2인조가족

옮긴이 신홍민

한국외국어대학교 독일어과를 졸업하고, 동대학원에서 독문학 박사 학위를 받았다. 한국외국어대학교, 서울
시립대학교, 성신여자대학교에서 독일 문학을 강의했다. 현재 덕성여자대학교, 대진대학교 겸임 교수로 독일
문학과 동화를 강의하고 있으며, 전문 번역가로도 활동 중이다. 옮긴 책으로 《폭력의 기억, 사랑을 잃어버린
사람들》《사랑의 매는 없다》《부모와 아이 사이》《형제》《평화는 어디에서 오는가》 들이 있다.

2인조 가족

1판 1쇄 발행 2009년 6월 30일 | **1판 6쇄 발행** 2012년 5월 10일

지은이 샤일라 오흐 | **옮긴이** 신홍민
펴낸이 조재은 | **펴낸곳** (주)양철북출판사 | **등록** 제25100-2002-380호(2001년 11월 21일)
편집 임중혁 조현나 김지훈 김인정 이단비 박시영 | **디자인** 나지은 | **마케팅** 조희정 조민희 | **관리** 정영주
주소 서울시 마포구 양화로8길 17-5 | **전화** 02)335-6407 | **팩스** 02)335-6408
ISBN 978-89-6372-002-9 03850 | **값** 9,000원

DAS SALZ DER ERDE UND DAS DUMME SCHAF by Sheila Och
Copyright ⓒ 1994 Arena Verlag GmbH, Germany.
Korean Translation copyright ⓒ 2007 by Tin Drum Publishing Co.
All rights reserved The Korean language edition is published by arrangment with
Arena Verlag GmbH through MOMO Agency, Seoul.

이 책의 한국어판 저작권은 모모 에이전시를 통해 Arena Verlag GmbH사와 독점 계약한 양철북출판사에 있습니다.
저작권법에 의해 한국 내에서 보호를 받는 저작물이므로 무단 전재와 복제를 금합니다.

카페 http://cafe.daum.net/tindrum 블로그 http://blog.naver.com/tin_drum

※ 잘못된 책은 바꾸어 드립니다.

2인조가족

샤일라 오흐 지음 | 신흥민 옮김

양철북

일러두기

이 책은 독일어판 《Das Salz der Erde und das dumme Schaf》(Arena Verlag GmbH, 1994)
을 원본으로 삼았다.
본문에서 괄호 안의 보충 설명은 한국어 옮긴이가, 각주의 보충 설명은 독일어 옮긴이가 덧붙
인 것이다.

1

할아버지가 코를 골며 철제 매트리스 위에서 몸을 뒤척일 때마다 침대가 요란하게 삐걱거렸다. 할아버지는 간간히 뭐라고 중얼거렸고, 그러다가는 다시 코를 골았다. 나는 잠에서 깨어 천장을 보며 누워 있었다. 서툰 페인트칠 자국에 먼지가 켜켜이 앉은 천장이 새벽 여명에 희부윰하게 모습을 드러냈다. 나는 집에 페인트칠을 한 지도 꽤 오래 되었다는 생각을 하며 우두커니 드러누워 있었다.

새벽에 잠을 이루지 못하는 날이 부쩍 많아졌다. 내 '마음의 소리들'이 찾아오거나, 허기가 들어 잠에서 깨는 일이 그만큼 잦았다. 그 '소리들'은 천장 아래쪽으로 높이 달린 작은 격자창으로 비집고 들어와, 조신한 여자아이처럼 내 침대 발치에 앉아 있었다. 나는 이따금 그것들이 진짜 소리가 아니라, 내 자신일지도 모른다는 생각을 했다.

어쩌면 내가 다른 나라나 다른 은하에 살고 있는지도 모를 일이다. 내 말은 내가 이 세상과 복사판인 어느 다른 세상에 몸을 두고 있을 수도 있다는 것이다. 그리고 끊임없이 내 자신을 찾고, 세상살이에 대해 수다를 떨고 싶은 호기심에 쫓겨, 이곳을 찾아왔을지도 모른다는 것이다.

인생이 뭐 하는 건데? 뭘 해야 하는 게 인생인데? 할아버지 같으면 이렇게 말했을 것이다. 할아버지는 여전히 침대에 누워 코를 골고 있었다. "내가 인생이야!" 할아버지라면 이렇게 소리쳤을 것이다. 그게 천 번 만 번 옳은 말인지도 모른다.

*

몸을 조금만 뻗으면, 할아버지의 큼지막한 명품 자명종 빅벤의 숫자판을 눈으로 확인할 수도 있을 것이다. 자명종은 해질 대로 해진 할아버지의 커다란 슬리퍼 옆에 놓여 있었지만 나는 몸을 뻗고 싶은 기분이 아니었다. 비몽사몽인 채로 그냥 가만히 누워서 집 안으로 드는 어슴푸레한 여명이 내 눈 속으로 기어 들어오게 하고 싶었다.

우리 집은 엄청나게 넓었다. 상상하기 힘들 정도다. 우리 집은 세계사에 존재했던 모든 중요한 건축물의 특징을 조금씩은 다 갖추고 있었다. 다시 말하면 우리 집은 콜로세움만큼이나 오래되었고, 베니스와 제노바 공화국 총독 관저처럼 천장이 높고, 발할라 궁전(북유럽

신화 《에다》에서 죽은 전사들이 모여 사는 궁전)만큼이나 황량하고, 도시 변두리의 주택가처럼 황폐하고, 왕의 무덤처럼 서늘하고 음침했다. 우리는 한 임대주택의 지하에 살았다. 할아버지와 나를 빼고는 모든 것이 나무랄 데 없는 집이어서 우리는 불평은 하지 않았다. 우리가 사는 집은 저소득층 공공주택에 허용된 면적보다 열 배는 더 넓었다. 그래서 우리는 행정당국이 우리에게 공공주택을 배정해 주지 않은 것을 다행으로 여겼다.

나는 이따금 우리가 사는 집에 햇빛이 든다면 어떨지 상상해 보곤 한다. 양은 많지 않아도 된다. 단 한 줄기 햇빛만 들어와도 눈에 띄는 물건들을 비추는 데는 부족함이 없을 것이다. 이를테면 할아버지가 폐지를 수집하면서 건져와 산더미처럼 쌓아 놓은 책들, 역시 폐지 더미에서 찾아낸 값나가는 초판본들, 우유 잔과 빨간 포도주 잔, 또는 빵 자르는 칼이 들어 있는 낡아빠진 찬장 같은 것들 말이다. 빵 자르는 칼은 원래는 할아버지가 쾨니히그레츠 전투[1]에서 누군가를 살해할 때 썼던 총검이었다고 한다. (하늘에 맹세코, 이 이야기는 절대 사실이 아니다. 할아버지가 그 시절에 살지 않았기 때문이어서가 아니다. 하긴 할아버지는 자기는 영원한 생명을 빌렸다고 말하는 사람이다. 그것은 할아버지가 다른 사람을 찔러 죽인 군인이었을 리가 없었기 때문이다. 할아버지는 채식주의자로서, 고기를 입에 대지도 않는다.) 햇살은 우리가 설탕을 넣어 두는, 딱히 이름 붙여 부르기 모호하게 생긴 잔이나 집안

• • •

1) 1866년에 발발한 프로이센과 오스트리아 전쟁의 결정적인 전투.

에서 눈에 띄는 물건들을 비출 수도 있을 것이다. 어쩌면 햇빛은 다리에 놀랍도록 아름다운 조각이 새겨진 커다란 식탁까지 밀려올지도 모른다. 그 식탁은 르네상스 시대에 만들어진 것으로 보이는데, 어쨌든 그것은 우리가 소유한 가장 멋진 물건 가운데 하나이다. 아니, 그렇지 않다. 만일 햇살 한 줄기가 집 안으로 비쳐든다면, 꼭 찬장을 비춰 주어야 할 것이다. 왜냐하면 우리는 빵을 찬장에 보관하고, 나는 배가 고프기 때문이다.

할아버지가 몸을 다른 쪽으로 뒤척이자 코 고는 소리가 멈췄다. 나는 다시 잠이 들 수 있을 것 같았다. 몸이 솜뭉치 같은 것 속으로 떨어지는 느낌이 들었다. 그러더니 갑자기 의식이 또렷해졌다. 내 목소리들이 다시 침대 발치에 자리를 잡고 앉아서, 나를 다정하게 살펴보고 있었다. 나도 그것들을 다정하게 바라보았다. 왜냐하면 내 목소리들의 주인은 나밖에 없기 때문이었다. 그것들은 누구도 손댈 수 없는, 유일한 내것이었다. 누구라도 이 세상에서 자기 밖에는 아무도 가질 수 없는 것을 가져야 한다!

"계집애들……."

나는 자리에서 일어나 기다란 천으로 싸여 있는 두 형상에 가까이 다가갔다.

"계집애들. 무슨 새로운 소식이라도 있니?"

오늘은 내 목소리들이 설교를 늘어놓는 날이다. 나도 안다. 그것들은 내게 훈계를 하려고 들 것이다. 내 목소리들에겐 그것 밖에는 즐거움이 없는 듯하다. 재미치고는 참 유별나다.

"네 간장을 대신해서 이야기할 게 있어."

첫 번째 목소리가 입을 열었다.

"난 네가 섭취한 지방을 소화하는 일을 돕고 있어. 그러니 내게 너무 많은 부담을 주어선 안 돼."

아무리 생각해 봐도, 한 달 생활비가 7백 크로네밖에 되지 않은 사람은 지방을 과도하게 섭취하여 간에 무리한 부담을 줄래야 줄 수가 없다. 하지만 나는 아무 대꾸도 하지 않았다. 사람은 자기 목소리에 항변하지 않기 때문이다.

"난 네 난소를 위해 이야기할게."

두 번째 목소리가 나섰다.

"난자들은 생명의 근원이야."

나는 차라리 다시 눕고 싶었다. 난 이런 식의 이야기를 그다지 좋아하지 않았다. 어쨌든 목소리들이 하는 말을 듣고 나니 마음이 편치 않았다. 그런데 해야 할 임무를 다 했다고 생각해서인지 내 목소리들은 다시 평범한 여자 친구들처럼 굴기 시작했다. 그것들은 할아버지는 결코 이해하지 못할 이야기들을 들려주었다. 그것들은 여성의 눈으로 본 생명의 순환에 대해 속삭여 주었다.

"넌 크는 중이야."

첫 번째 목소리가 말했다.

"넌 나이가 들어 보일 거야."

두 번째 목소리가 말했다.

"넌 늙어갈 거야."

첫 번째 목소리가 생각을 이어 붙였다.

"나더러 어쩌라고."

내가 졸음이 섞인 소리로 대꾸했다.

"등 좀 꼿꼿하게 펴. 너 곱사등이가 되고 싶니? 왜 그렇게 구부정한 자세로 다니니?"

"눈치 없이 가슴이 자꾸만 커져서 그래. 남들 눈에 안 띄게 하려고, 구부정하게 다니는 거야."

나는 내 목소리들하고 뭐든 다 털어놓고 이야기할 수 있다. 그래서 나는 그것들이 좋다. 보아 하니 내 가슴 이야기에 목소리들은 놀라는 기색이 역력하다.

"등을 꼿꼿하게 폈다간, 셔츠의 단추들이 튕겨 나갈걸."

내가 또 다른 이유를 대며, 호기롭게 나가자, 목소리들은 입을 다물었다. 나는 변변한 블라우스 한 벌이 없어 할아버지의 셔츠를 입고 다녔다. 할아버지는 자기가 연꽃에서 직접 솟아났다고 주장한다. 그런데 만일 할아버지에게 부모님이 있었다면, 아무래도 그 셔츠는 할아버지의 할아버지가 입던 것은 아닐까 의심이 들기도 한다. 나 자신도 할아버지의 셔츠가 내 몸에 맞지 않는 것을 의아하게 여겼다. 그래서 보니 내 가슴이 부풀어 오르는 곳에 셔츠의 주머니가 달려 있어 그것이 내 몸을 조이고 있었다.

"야나, 가슴이 커지면 어때? 아파?"

듣고 있던 두 번째 목소리가 입을 열었다. 나는 조심스럽게 눈을 부라렸다. 그런 말도 안 되는 소리를 하다니. 엄연히 가슴은 이하고는 다르다.

할아버지가 침대에서 요란하게 몸을 이리저리 뒤척였다. 내 목소리들은 할아버지를 조금 무서워했다. 보통 때 같으면 벌써 천장으로 날아올라 작은 격자창 밖으로 꽁무니를 뺐을 터인데 오늘은 멈칫거리고 있었다. 아무래도 꼭 할 말이 있는 듯했다.

"야나, 복권을 사."

갑자기 첫 번째 목소리가 속삭였다.

나는 세세하게 이것저것 묻고 싶었다. 마침 그때 할아버지가 앓는 소리를 내며 몸을 일으켰다. 내 목소리들은 자지러지게 놀라, 큼지막한 잿빛 비둘기들처럼 창문 밖으로 날아갔다. 곧이어 할아버지의 기침이 시작되었다. 나는 마침내 눈을 떴다. 할아버지의 모습은 마치 해마 같았다. 할아버지는 연신 기침을 하며 슬리퍼 쪽을 향해 커다란 발가락들을 더듬었다. 할아버지는 구두를 신지 않았고, 여름이나 겨울이나 네모난 슬리퍼를 신고 돌아다녔다. 그 슬리퍼는 할아버지만큼이나 변함이 없었다. 할아버지는 구두를 신으면 발이 불편하다고 했다. 끈 달린 구두를 신으면 특히 더 그렇다고 했다. 할아버지가 구두끈을 나비모양으로 묶는 모습을 상상하면 적잖이 어색한 것도 사실이다.

할아버지는 잠옷으로 입는 긴 속옷을 벗고 짙은 녹색 바지를 입었다. 그 옷은 할아버지가 아프리카 어느 나라의 국기를 손수 바느질하여 만든 것이었다. 그 나라는 독립을 선언한 뒤에 국기를 바꾸었다고 했다. 세면대에서 세수를 하는 할아버지의 가슴에 난 하얀 털에 물방울들이 진주처럼 맺혔다. 내가 아까 말했던 햇빛이 지금 비춰 준다면, 물방울들은 마치 드넓은 풀밭에 맺힌 이슬처럼 반짝거릴 것이다. 그런데 정확히 말하면, 할아버지의 몸 전체가 한없이 넓은 풀밭이었다. 그 풀밭은 지평선에서 지평선으로 펼쳐져 있어, 아무리 해도 나는 그 바깥으로 벗어나지 못할 것만 같았다.

이제는 정말 내가 일어날 시간이었다. 할아버지는 성냥을 켰다. 알코올버너 위로 파란 불꽃이 번져갔다.

"이상한 꿈을 꾸었어."

오늘 아침에는 내가 먼저 말문을 열었다.

"난소에 대한 꿈이었어."

"빵 몇 조각 먹을래?"

할아버지가 손에 총검을 들고 물었다. 나는 손가락 두 개를 폈다.

"요즘 애들은 부끄러운 줄을 모른다니까."

할아버지가 투덜거렸다.

"좋아. 그럼 한 조각만 먹을게."

웬일인지 할아버지는 내 먹성을 두고 하는 말이 아니었다고 중얼거렸다. 할아버지 말은 자기 같으면 세상없어도 할아버지 앞에서 난소와 같은 단어를 입에 올리지 않았을 거라고 했다.

"생전 가야, 한 번도 그런 말을 화제로 삼아본 적이 없어서 그랬을 거야."

내가 말했다.

그 사이에 완전히 아침이 밝았다. 사람들이 우리 집의 창문가로 나

있는 보도를 지나 전철역을 향해 뛰어갔다. 할아버지와 내가 아침을 먹는 동안 도로 위에서는 자동차들이 요란한 소리를 뿜어댔다. 나는 보행자들이 서둘러 발걸음을 옮기는 소리를 들으며, 오늘 내가 해결해야 할 가장 중요한 일을 떠올렸다. 나는 그날그날 해야 할 일들을 가지고 피라미드를 쌓는 버릇이 있었다. 맨 밑에는 수학, 기술 디자인, 서양장기처럼 힘들이지 않고 할 수 있는 과제들로 주춧돌을 놓았다. 그 위에는 좀 더 힘든 과제들, 이를테면 멍청한 카레쉬에게 아르키메데스 원리를 가르치고, 신문을 배달하는 일들을 올려놓았다. 맨 윗자리에는 그날의 과제를 놓는다. 그런데 오늘의 과제는 바로 내 신발이었고, 이는 화급을 다투어 해결해야 할 문제였다. 내가 발에 신고 다니는 것은 신발이라기보다, 온갖 접착제 제품을 모아 놓은, 걸어 다니는 접착제 종합세트에 가까웠다. 내 신발은 그야말로 우리 집의 경제 사정을 보여 주는 본보기였다.

"너니까 수제화를 신고 다니면서, 투덜거리는 거야." 할아버지는 이렇게 말할지도 모른다. 그건 그렇다 쳐도, 나는 도대체 누가 우리보다 살림을 더 알뜰하게 하는지 정말 알 수가 없었다. 기껏해야 영국 여왕밖에 없을 것이다. 내게서 물리적인 법칙 하나가 진행되었다. 벌써 백 번째였다. 그 법칙이란 내가 밥 먹는 속도가 생각하는 속도보다 빠르다는 것이다. 빵을 다 먹고 난 뒤에도, 할아버지에게 어떻게 신발 이야기를 꺼내야 좋을지 막막했다.

빅벤이 따르릉 소리를 내며 울렸다. 더 이상 생각에 잠겨 있을 시간이 없다. 5시다. 서둘러 꼬마유모차를 끌고 가서 신문을 받아와야 할 시간이다. 신발, 신발, 신발! 머릿속이 윙윙거렸다. 나는 홧김에 유모차를 움켜쥐었다가, 다시 그 망할 놈의 손잡이를 느슨하게 잡았다.

"내 유모차를 가져가지 그래!"

할아버지가 선심 쓰듯 제안했다. 내가 그놈의 물건을 얼마나 싫어하는지 잘 알면서도 그런 제안을 한 것이다. 할아버지의 유모차는 색이 잔뜩 바랜 물건이었다. 삐걱거리는 스프링 장치는 지난 세기에 생산된 마차를 해체시켜 만들어서 그 구조가 난해했다. 할아버지는 그물건으로 황소라도 실어 나를 수 있다고 한다. 그거야 맞는 말이지만 그렇다고 해서 유모차가 당장 더 멋있어 보이지는 않았다.

평소에는 아무렇지 않았던 물건들인데 오늘은 왜 그렇게 화가 나는지 나도 모르겠다. 내가 화가 났다는 사실에 대해 나는 화가 났다. 할아버지는 그걸 알고 날 놀렸던 것이다. 나는 서둘러 할아버지의 눈엣가시 같은 유모차를 움켜쥐었고, 신음하듯 한숨을 내쉬며 그걸 끌고 지하실 계단을 올라 거리로 나왔다.

*

나는 밖으로 나와 허리를 펴고 섰다. 분수대 뒤쪽에서 태양이 벌겋게 달아올랐다. 나는 어딘가 할아버지의 슬리퍼를 닮은 내 신발을 내려다보았다. 그러자 분노가 옅푸른 하늘로 연기처럼 사라졌다. 나는 유모차에 걸터앉아 두 발로 브레이크를 조절하면서 프라하 우체국을 향해 언덕을 내려갔다. 행인들이 화를 내며 욕설을 퍼부었지만 나는 아랑곳하지 않았다. 나는 배달할 신문 꾸러미를 받으러 프라하 우체국으로 갔다.

겨울에는 1시간 20분 이내에 신문을 다 돌렸다. 하지만 오늘은 겨울에 맞서 봄이 길을 여는 날이었다. 나는 곱은 두 손을 유모차 손잡이에 올려놓고 있었다. 그동안 내 몸은 해를 받아 벌써 확연하게 그림자를 드리우고 있었다. 상황이 이렇게 되면, 신문배달을 끝내는데 15분은 더 걸릴 것이다. 그 대신 나는 내 그림자와 기분 좋은 대화를 나눌 것이다. 내 그림자는 매우 아름답다. 그것은 대칭을 이루며 우아하게 움직인다. 게다가 탄탄하기까지 하다. 몸과 옷이 구별되지도 않는다. 괴상망측한 신발도 눈에 띄지 않는다. 어제 학교에서 있었던 일이다. 칠판 앞에 서 있는데 반 아이들 모두가 내 발을 물끄러미 쳐다보았다. 그런 일은 처음이었다. 수업이 끝난 뒤에 난 아이들과 내구두가 원래 무슨 색이었는지 누가 먼저 알아맞히나 내기를 벌였다. 모두들 엄청 재미있어 했다. 내 웃음소리만 약간 공허하게 들릴 뿐이었다.

주택가를 지나는 길, 내 그림자가 집집마다 문 앞에 내놓은 쓰레기통에 걸려 부서졌다. 쓰레기통들은 마치 납으로 만든 병정처럼 서 있었다. 할아버지는 그런 쓰레기통들을 뒤져서 돈이 될 만한 물건들을 찾아냈다. 엄밀히 말하자면, 할아버지는 우리나라 최초의 환경보호주의자였다. 언제나 그렇듯이 그 점에서도 할아버지는 자기 시대보다 몇 광년이나 앞선 사람이었다. 할아버지가 쓰레기를 뒤진다는 사실을 알았을 때, 나의 자의식은 분명히 크게 흔들렸을 것이다. 하지만 내 마음은 그 일로 더 이상 흔들리지 않았다. 첫째는 내가 그 사실에 익숙해졌기 때문이다. 그리고 나는 할아버지가 검지를 치켜세우며 했던 말이 생각났다. "참된 우아함이 머물 곳은 우리 영혼밖에 없어." 맞는 말이다. 다만 나로서는 그 영혼을 눈으로 볼 수 없다는 점이 영원히 안타까울 뿐이었다. 그런 점에서 나는 유물론자이다.

*

집에 돌아와 보니, 늘 그렇듯 차 한 잔과 빵 한 조각이 나를 기다리고 있었다. 할아버지는 감자를 한 무더기 앞에 두고 앉아 총검으로 조심스럽게 껍질을 벗기고 있었다. 혈관이 파랗게 비치는 할아버지의 두 손에 감자 껍질이 대팻밥처럼 감기고 있었다. 할아버지가 깎아 놓은 감자 껍질은 말 그대로 예술작품이었다. 난 그걸 버릴 때마다 늘 마음이 아팠다.

"감자 말고 다른 반찬은 뭐야?"

꼴도 보기 싫은 유모차를 구석에 세우며 내가 물었다.

"슈니첼."

내 몸이 뻣뻣해지는 것을 눈치 챈 할아버지가 설명을 덧붙였다.

"양파 커틀릿. 너도 알겠지만, 내일이 되어야 다시 돈이 생기잖아. 호르텐지아 공주님!"

"할아버지!"

나는 선서하는 사람처럼 목소리를 높였다.

"돈을 제대로 벌기만 하면, 난 당장 양파 같은 건 입에도 대지 않을 거야."

"뭔 소린지도 모르면서 떠들기는. 어느 집이든 살림살이에는 다 나름대로 사정이 있는 거야."

나는 잠시 침대에 몸을 뉘었다. 생각해 보니, 주방장께서 몸소 최후의 만찬에 대한 비밀을 누설했다 해서 궁색한 우리 살림이 달라질 것은 아무것도 없었다.

나는 식단을 괴테의 시처럼 혀에 올려놓고 살살 녹여 보았다. 날씬한 몸매를 위해서는 송아지고기 슈니첼, 남성들을 위해서는 돼지고기 슈니첼, 비엔나 슈니첼, 집시 슈니첼. 이런 음식들에서는 크고 넓은 세상의 냄새가 풍겼다. 그런데 양파 슈니첼에서는? 이것에서는 우리가 사는 지하의 살림집 냄새밖에 나지 않았다.

"그건 환기를 하면 돼."

할아버지가 이의를 제기했다. 할아버지에게는 남의 생각을 읽는 능력이 있었다.

"하지만 환기를 하면 추울 텐데."

사람들은 꼭 할아버지의 말에 어깃장을 놓아야만 했다. 할아버지는 자기 생각을 내세우지 않는 사람을 싫어했다. 그건 할아버지가 말씨름을 벌여 상대를 눕히는 것을 좋아하기 때문이었다.

"바람 쐬기가 싫으면 후각을 끄든지."

난 양파 냄새를 맡지 않는다. 냄새를 맡지 않으면 양파는 없는 것이나 같다. 할아버지, 당신의 이상주의적인 철학에서는 폭력 냄새가 나요. 그러나 할아버지는 더 이상 개의치 않고 감자 껍질을 모아서 오븐 속에 던져 넣었다.

빅벤이 다시 따르릉 울렸다. 그건 우리가 처음부터 다시 하루를 시작할 시간이 되었다는 뜻이었다. 막 잠자리에서 일어난 사람 시늉을 내는 일이야 식은 죽 먹기였다. 할아버지는 다른 사람들처럼 침대에 누워 뒹구는 건 우리도 할 수 있다고 했다. "진즉 잠자리에서 일어났다는 사실은 그냥 무시해 버려." 그래서 나는 그러기로 했다. 또 해 보니 금방 그렇게 할 수 있었다. 우리는 식탁에 앉아 아침을 먹었다. 찻잔에서 김이 모락모락 피어올랐고, 할아버지는 오늘 자기가 해야 할 일을 큰 소리로 중얼거렸다.

"오늘은 집안일 하는 날이야. 빨랫감 있거든 내놔."

수치심이 밀려왔다. 할아버지가 내 속옷 빨래를 한다는 것이 요즘 들어 점점 더 불편해졌다.

"있잖아 내 것은……. 그러니까 내 개인적인 빨래는……. 그거는 그냥 놔둬도 되는데."

나는 시뻘겋게 달아오른 얼굴로 말을 더듬거렸다.

할아버지는 씩 웃기만 했다.

"넌 내가 이 나이에 브래지어가 어떻게 생긴 줄도 모를 거라고 생각하는 거냐?"

"할아버지는!"

나는 신음소리를 내뱉었다. 당황스러웠기 때문이었다.

"좋아. 네 빨래는 손대지 않을게. 어쨌든 나야 결국에는 앞을 보지 못하게 되겠지만."

나는 책가방을 집어 들고 학교 갈 준비를 했다. 할아버지가 두 손을 오븐에 대고 녹이며 말했다.

"부끄러워하거나 내숭 떨지 마. 그건 정말 바보 같은 짓이야. 하지만 빨래를 하지 않아도 된다면야, 내가 네게 그런 말을 할 필요도 없겠지?"

'맙소사, 할아버지는 어쩌면……'

나는 이렇게 속으로만 생각하며, 어느새 출입문 앞에 다달았다.

"내게는 '어쩌면'만 있는 게 아니야. 그게 다 네 복이고."

할아버지가 만물박사답게 내 생각을 읽고는 한 마디 거들었다.

*

엄밀히 따지면 세상은 두 개의 세계로 이루어져 있었다. 하나는 내가 속한 세계였다. 그것은 우리가 사는 집, 내가 신문을 받아오는 우체국, 내가 체스를 두는 스포츠클럽, 카레쉬네 집으로 이루어진 세계였다. 그 집에서 나는 한 시간에 10크로네를 받고, 꽃으로 장식된 찻잔에 차 한 잔을 마시는 대가로 불가능을 가능으로 바꾸는 일을 하고 있었다. 그것은 물리와 수학에서 미를 받는 꼬마 카레쉬를 감나지움

(우리나라의 중·고등학교 과정에 해당하는 인문계 고등학교)에 합격시키는 일이었다. 다른 세계가 하나 더 있었다. 그곳은 내가 속한 세계가 아니었고, 나 또한 그 세계에 들어가고 싶어 안달하지도 않았다. 예를 들면 무용 시간이 그 세계에 속했다. 가끔 슬퍼질 때마다 나는 무용 시간에 잔꾀를 부리는 상상에 빠지곤 했다. 내가 저녁 내내 일정한 간격을 두고 다른 사람의 발을 밟고, 그때마다 넉살 좋은 소리를 늘어놓는 모습을 말이다. 내가 잘못 생각하는 건지도 모른다. 다시 말해서, 넉살 좋은 소리를 할 때가 어쩌면 더 없이 좋은 기회일지도 모른다. 그리고 나는 많은 사람들이 평생 무용 시간을 떠올리며 서글픔에 젖는다는 것도 안다. 하지만 그래서 어쩌란 말인가? 레스토랑, 취향이 까다로운 젊은이들이 좋아하는 물건을 파는 가게, 호텔에서 휴가를 보내는 것도 나의 세계가 아니었다. 그 대신 공공도서관, 인생의 지혜를 담은 낱말들로 정답을 꿰어 맞히는 낱말퀴즈, '백으로 세 수만에 승리하기'라는 제목이 달린 체스 묘수풀이 문제들은 나의 세계에 속하는 것들이었다.

세상을 그런 식으로 나누면 마음이 무척 편안해진다. 자기에게 어울리지 않는 곳에는 억지로 가지 않아도 되니까 아니꼬울 일을 당할 일이 크게 줄어든다. 그런데 이 두 세계가 교차하는 곳이 있다. 바로 학교다. 학교는 나의 세계였다. 매일 아침 의무적으로 가야 했기 때문이다. 그와 동시에 학교는 나의 세계가 아니기도 했다. 그건 내가 학교에 속한다는 느낌이 들지 않았기 때문이다. 나는 할아버지의 셔츠에 짧디 짧은 치마를 입고 다녔다. 치마가 그토록 짧은 것은 사실 몇 년 전부터 그것이 내 몸에 비해 작아졌기 때문이다. 게다가 내 구두는 차마 눈 뜨고 봐줄 수가 없을 정도였다. 진짜 내 것이라고 할 수 있는 옷은 놀랄 정도로 부드러운 플란넬 외투뿐이었다. 내가 손수 벼룩시장에서 구입한 것인데, 상류사회에서는 '남성용 외투'로 입는 옷이었다. 나는 그 옷을 애지중지해 일 년 내내 걸치고 다녔다. 그걸 입으면 봄과 가을에는 약간 더웠고, 겨울에는 추위가 뼛속까지 밀려들었다. 그러면 나는 회오리바람으로 변하여, 우주가 팽창하는 속도로 몸을 움직이며 살을 애는 듯한 추위에서 벗어나려고 몸부림을 쳤다. 그렇게 어마어마한 속도로 움직이는 와중에도 나는 '만약'이라는 주문을 중얼거렸다. 만약 앞으로 언젠가 돈이 생기면, 안감을 아흔아홉 배 더 두텁게 댄 새 외투를 살 거야. 만약 처음으로 돈을 벌면, 신발을 아흔아홉 켤레 살 거야. 만약 내 주머니에서 동전이 딸랑거리는 소리가 나면, 만약…… 만약…….

우리 반 아이 가운데 등 뒤에서 나를 비웃는 아이는 아무도 없었다. 우선은 그래 봐야 내가 콧방귀도 뀌지 않는다는 걸 다들 알기 때문이기도 하지만 진짜 이유는 따로 있다. 그것은 수학 숙제에, 다른 아이들은 말할 것도 없고, 나조차도 골치가 띵할 정도로 어려운 문제가 나올 가능성이 꼭 있었기 때문이었다. 난 아주 생생하게 기억에 담아 둘 것이다. 누가 웃는지, 누가 손톱을 물어뜯어 놓은 가느다란 내 손가락이나 구멍을 기운 팬티스타킹 위에 겹쳐 신는 내 모직 군용 양말에 대해 험담을 하는지, 누가 종이를 아끼려고 공책 구석구석까지 깨알같이 써 놓은 내 글씨를 멍한 눈길로 훔쳐보는지를 말이다.

학교는 내가 군림하고 싶은 경계 세계였다. 물론 학교가 미끈미끈한 잉어처럼 내 손가락 사이로 빠져나갈 때도 종종 있었다. 나는 동급생들 사이에 앉아, 자존심으로 조립한 자동발사 장치를 주위에 쌓아 놓고, 아무도 내게 접근하지 못하게 했다. 만약 내가 정직하다면 그런 자존심 때문에 고통스러웠다는 사실을 인정하지 않을 수 없을 것이다. 한 치수만 작게 만들면 제대로 숨을 쉴 수가 없는 중세의 쇠사슬 갑옷처럼 말이다.

쉬는 시간이면 나는 이튿날 제출할 숙제나 공부를 했다. 그러다 보면 적어도 교실에서 주위를 둘러보거나 다른 아이들과 떠들며 놀 필요가 없었다. 공부할 게 없을 때는 나의 목소리들을 생각했다.

오늘은 목소리들이 내게 뭐라고 속삭였더라? 아, 그래, 복권을 사라고 했지! 이런, 할아버지에게 복권에 대해서는 입도 뻥긋하지 않았는데.

나는 손톱을 깨물며 우리 인간의 조상인 박제 원숭이를 바라보고 있었다. 그때 갑자기 누가 나를 쳐다보고 있다는, 속일 수 없는 육감이 밀려들었다. 나는 재빨리 주위를 둘러보았다. 새로 전학 온 남자애가 나를 뚫어져라 바라보고 있었다. 얘는 뭐야? 여자애 처음 보니? 왜, 내가 어젯밤 악몽에서 본 여자랑 닮기라도 한 거야! 난 그 아이를 향해 보일 듯 말 듯 미소를 지었다. 왜 그랬는지는 내 자신도 모른다. 다만 할아버지가 그런 내 모습을 볼 수 없어서 다행이었다.

방과 후에 집으로 가는 길, 난 어제보다 천천히 걸음을 옮겼다. 때는 봄이었고 공기에서는 축축한 대지의 냄새가 났다. 내 '남성용 외투'를 걸치기에 딱 좋은 날이었다. 난 새로 전학 온 남자애가 내 걸음을 따라잡을 수 있도록 느긋하게 걸었고, 그 애가 가까이 왔을 때에는 옆에서 걸으며 조금 더 속도를 늦추었다. 그 애가 다리를 심하게 절었기 때문이다. 누군가 우리 둘이 걷는 광경을 보았다면, 참으로 볼만했을 것이다. 물론 우리는 엉뚱한 이야기만 나누었다. 하필이면 무용 시간이 화제에 올랐다. 나는 내 목소리들이 봄날의 드높은 하늘 아래 파드득 날갯짓을 하며 내 주위를 마구 휘젓고 다니는 것을 확연히 느낄 수 있었다. 하늘에서 소리가 들렸다. "이 바보 같은 계집애! 멍청한 것 같으니!" 하지만 난 상관하지 않았다. 왜 나는 비둘기와 천사의 잡종인 바보가 되면 안 되는데? 이렇게 생각하며, 낡아빠진 내 신발 밑창 때문에 뒤뚱거리지 않으려고 조심스럽게 걸음을 내딛었다. 할아버지를 설득할 수 있다면, 나는 복권을 살 것이다. 그런 다음에는 아주 예쁜 것들을 사서, 모든 사람의 넋을 쏙 빼놓을 것이다. 무엇을 살지는 내 자신도 알 수 없었지만, 그건 아무래도 좋았다.

나는 집 현관문 앞에서 걸음을 멈추었다. 더 이상 기분이 들뜨지 않았다. 복권 살 돈을 마련하려면, 할아버지에게 몇 크로네를 빌려야 하는데, 그게 거의 무망한 일이었기 때문이다. 틀림없이 복권이 당첨될 것이라고, 내 목소리들이 내게 단단히 약속을 했다고 할아버지에게 이해하기 쉽게 설명해야 하는데, 그게 만만한 일이 아니었다. 나로서는 당첨이 되지 않더라도 적어도 살면서 한 번쯤은 희망을, 하잘 것 없고 볼품없는 희망이라도 하나쯤 간직하고 싶었다. 고작해야

23

한 달 밖에 가지 않을 희망이라도 좋았다.

*

집안은 쥐죽은 듯 조용했다. 그럼에도 나는 주위를 살폈다. 할아버지는 뜬금없는 짓으로 사람을 놀래 자빠뜨리는 데 귀재였다. 참, 할아버지가 그런 사람이라고 내가 말하지 않았었나? 할아버지는 낡은 목욕 가운의 허리띠로 만든 올가미에 목을 집어넣고, 십자 창살에 매달린 채 미동도 하지 않았다.

"할아버지, 나 왔어."

나는 얌전히 인사를 했다.

"얘, 빨리 숨어. 지금 우편집배원을 기다리는 중이야."

할아버지가 쉰 목소리로 나를 다그쳤다.

난 찬장 뒤로 기어들어가 숨었다. 우리는 기다렸다. 잠시 뒤에 우편집배원이 걸음을 질질 끄는 소리가 들렸다. 그는 문을 열고 들어오더니 집안을 살폈다. 두리번거리는 그의 작은 눈동자에 목을 매어 죽은 사람의 몸뚱이가 들어왔다. 그 순간 그는 외마디 비명을 토하며 까무러쳤다.

"서둘러! 이 사람이 다시 정신을 차리게 해야 돼. 안 그러면 우리가 자기 물건을 도둑질하려 했다고 생각할지도 몰라."

할아버지가 소리쳤다.

우리는 우편집배원에게 차가운 물을 마구 뿌렸다. 할아버지는 몇 차례 가볍게 그의 뺨을 두드렸다. 그러자 그가 눈을 떴다. 우편집배원은 할아버지를 보기가 무섭게 다시 정신줄을 놓았다. 우리는 그에게 더욱 더 세차게 물을 퍼부었다. 집배원 제복이 흥건히 젖고 나서야, 그는 다시 온전하게 제정신을 차렸다.

"물."

그가 속삭이듯 말했다.

난 그에게 마시다 남은 김빠진 차가 담긴 잔을 건넸다. 우편집배원은 한 모금 마시더니 다시 뱉어냈다.

"퉤, 이게 뭐야!"

그가 조금 더 또렷한 소리로 말했다.

"차라리 술을 한 잔 들겠소?"

할아버지가 친절하게 물었다.

우편집배원은 고개를 끄덕였다.

"그렇게 까다롭게 굴려거든 앞으론 다른 집에서 까무러쳐요."

할아버지가 오금을 박으며 일어나 기지개를 켰다. 우편집배원도 몸을 일으키며 젖은 소매로 얼굴을 훔쳤다. 그는 한숨을 내쉬며 얼굴 닦기를 포기하고 우편물을 뒤졌다.

"고아보조금, 연금, 장학금. 731크로네입니다. 서명하세요."

할아버지는 무거운 손으로 서명을 했다.

"이 돈은 연락장교님 것입니다."

우편집배원은 눈썹 하나 까딱하지 않고, 할아버지가 주는 돈을 받아

주머니에 넣었다. 내 몫의 10분의 1이나 되었다. 그는 커다란 가방을 잠그고 다시 한 번 얼굴을 훔치고 나서, 우리 집을 떠났다.

"누구 벼락부자 만들어 줄 일 있어?"

내가 화가 나서 할아버지에게 말했다.

"내가 우리 귀족의 명예를 더럽힐 수야 없잖니. 우리 집안에서는 국왕의 사자가 말을 타고 오면, 항상 사례로 금화 1탈러(16세기 보헤미안 지방에서 쓰던 화폐)를 주었는데."

나는 침대에 큰 대자로 누워서 지극히 예술적으로 우리 방을 가로질러 걸린 빨랫줄을 쳐다보았다.

"공주님께선 뭐가 못마땅한 건데?"

만물박사께서 물었다.

"뭐든 다."

나는 사실대로 대답했다.

"그렇다면 안심이고. 난 무슨 심각한 일이 있나 했지."

할아버지가 반기며 대꾸했다.

나는 돈 옆에 놓여 있는 할아버지의 손에 최면을 걸었다. 그리고 내게 용기를 불어넣었다. 복권, 복권, 복권을 사면, 신발, 옷, 치마, 팬티스타킹, 매니큐어, 발톱미용, 장신구, 샴페인, 치즈 바른 빵 등이 생긴다. 치즈 바른 빵이 결정타였다.

"10크로네만 줘. 복권 사게."

내 입에서 복권이라는 소리가 불쑥 튀어나왔다.

할아버지의 눈썹이 움찔했다. 만물박사께선 마음을 가다듬었다.

"그런 건 우리에게 전혀 필요가 없어! 일단 복권을 사면 우리에겐 필요도 없는데 덜컥 당첨이 될 거야."

잠시 뜸을 들이다 할아버지가 말했다.

"하지만 난 당첨이 됐으면 좋겠어. 내 말 알겠어?"

할아버지가 태연히 그런 망령 같은 소리를 하는 걸 듣자, 난 화가 머리끝까지 치밀었다.

"왜 우리가 당첨이 되어야 하는데? 우린 그런 거 필요 없어."

이런 어림 반 푼어치도 안 되는 소리가 있나! 나는 아예 대꾸조차 하기 싫었다. 우리에게 그런 게 필요 없다니! 다른 사람도 아니고, 땡전 한 푼 없는 우리에게!

"바로 아무것도 가진 게 없기 때문에 그런 게 필요 없는 거야."

만물박사가 대답했다.

"당첨 되면, 넌 그 돈으로 뭘 할 거니? 5만 크로네를 가지고?"

나는 웃음밖에 안 나왔다. 내가 돈을 집에다 보관할 거라고 하면, 할아버지는 쥐들이 갉아먹을 거라고 대꾸할 것이다. 그 말도 일리는 있다.

"은행에 가져갈 거야. 저금통장이라는 말 들어본 적 있어?"

할아버지는 침대에 편안히 자리를 잡았다. 이것은 본격적인 전투의 서막을 알리는 신호였다.

"내가 이제까지 살면서 꺼려왔던 것이 바로 그 저금통장이라는 거야. 그놈의 것은 유치한 욕구와 천박한 욕망을 부추기거든. 넌 돈이 생기면, 기름진 음식을 사 먹겠지. 그러면 동맥경화 때문에 머리가 나빠질 거야. 새 신발을 사 신으면, 엄지발가락이 흉하게 망가질 거고. 레이스 달린 나일론 팬티를 사 입으면, 암에 걸리겠지. 그러다 어느 날 돈이 사라지면, 넌 아직도 네게 필요한 것을 손에 넣지 못했다는 걸 알게 될 거야. 그리고 나면 넌 머리는 녹슬고, 다리를 절고, 병든 몸으로도 모자라 기만당했다는 기분을 안고 살아갈 거야. 돈이란 사람을 노예로 만드는 물건이야!"

"그래서 땡전 한 푼 없어 행복하겠네!"

나는 하라면 대성통곡이라도 할 수 있을 것 같았다. 할아버지가 한 푼도 내놓지 않을 게 뻔하기 때문이었다. 나는 몸을 옆으로 돌려, 벽을 물끄러미 바라보았다.

그런데 갑자기 손에 뭐가 잡히는 게 느껴졌다. 10크로네였다! 중앙은행에서 나온 지 얼마 안 된 반짝반짝 빛나는 10크로네짜리 새 돈이었다. 바로 그때 정신을 어지럽히는 악취가 집안에 퍼졌다. 할아버지가 굽고 있는 양파 슈니첼에서 나는 냄새였다.

"내가 돈을 준 건……."

할아버지가 말했다.

"복권이 네 목소리들의 아이디어이긴 하지만, 천재적인 발상이라고 생각했기 때문이야. 그리고 나는 그런 참사를 피할 생각은 없어."

"그게 아니라 복권이 당첨될 거라고 찰떡같이 믿으니까 돈을 주는 거겠지."

내가 여전히 분을 삭이지 못한 채로 말했다.

할아버지가 양파 슈니첼에 감자를 곁들여 내왔다. 우리 집은 마치 소방훈련장 같았다. 자욱한 연기 때문에 할아버지와 나는 서로 얼굴을 거의 볼 수가 없었다.

"좋아. 나도 우리 복권이 당첨될 거라고 믿을게. 맘 편히 술 마셔 없애기 딱 좋을 금액 정도만 당첨되면 좋겠는데."

나는 10크로네를 안주머니에 넣으며, 할아버지는 원대한 목표를 가질 줄 모른다고 생각했다.

"너무 놀랐다는 말은 안 해도 돼."

만물박사께서 말했다.

우리는 양파 슈니첼을 먹느라 딴 데 신경을 쓸 겨를이 없었다. 난 그것이 입에서 사르르 녹을 정도로 맛있다는 걸 인정하지 않을 수 없었다.

접시를 남김없이 싹 비우고 나자 배 속에 따뜻하고 느긋한 기운이 오르면서 든든했다. 그러자 새로이 화가 치밀었다. 우리 주머니에 있는 유일한 돈을 술로 날리겠다니! 그야말로 할아버지다운 일이라는 생각이 들었다. 생각난 김에 그 자리에서 할아버지에게 단단히 못을 박아두는 게 상책일 것 같았다.

"할아버지!"

운을 떼고 나니, 나는 흥분이 되어 몸이 떨렸다.

"확실히 해둘 게 있는데, 큰돈에 당첨되더라도 흥청망청 쓸 생각 마. 그런 꿈은 아예 꾸지도 마. 그 돈은 내가 알아서 쓸 테니까. 난 계획이 있어. 먼저 우리 집부터 정리할 거야. 책장을 서너 개 살 거야. 그게 싫으면, 할아버지가 모아 놓은 귀중한 초판본들을 다시 폐지로 버리든가. 또 옷장도 하나 살 거야. 그렇게 노려볼 거 없어. 내겐 최면이 안 통하니까. 좋아, 그리고 옷 몇 벌하고 신발을 몇 켤레 살 거야. 할아버지! 옷 몇 벌 갖고 싶어 한다고 해서, 터무니없이 욕심을 부린다고 생각하지 마. 그건 지극히 정상적인 거야. 그리고 또 있어. 이제는 나도 한 번쯤 진짜 미용실에 가서 머리를 손질하고 싶어. 아직까지도 할아버지가 그 형편없는 솜씨로 내 머리카락을 잘라주고 있잖아. 벌써 16년째야. 할아버지, 제발 여기서 외계인처럼 살지 마. 난 그저 정상적으로 살고 싶다는 생각밖에 없어. 가구를 갖추고, 옷도 제대로 입고, 빵을 먹고, 또 먹을 수만 있다면 상어알도 먹으면서 살 거야. 이런 것들이 어떻게 내 인격을 바꾼다는 거야? 그것들이 내 뇌와 무슨 관계가 있어? 어쨌든 난 얼굴은 밉상이고, 몸은 말랐고, 머리카락은 부스스하고, 여드름투성이에, 해진 신발을 신고 다녀. 그게 나일 수밖에 없어. 내가 크게 변할 게 뭔데?"

혼자 떠들고 나니 온몸에 힘이 쏙 빠져, 나는 다시 침대에 벌렁 드러누웠다. 지금까지 우리 집에서 떠드는 역할은 늘 할아버지 차지였다. 나는 항상 청중이었다. 하지만 나는 내 말이 정곡을 찔렀다는 걸 알았다. 할아버지가 깜짝 놀랐기 때문이다.

"네 욕심이 결코 끝이 없을 것 같은데, 그럼 너도 변할 거다. 내 말 똑바로 들어. 인생에서 한 사람에게 필요한 것은 아주 조금밖에 안 돼. 그보다 더 가져야겠다는 망상을 품는 순간, 그 사람은 끝나는 거야. 내가 고철을 수집하는 동네의 사람들은 멋진 집에서 살아. 그런데 너 그 사람들이 뭘 보고 화를 내는 줄 아니? 그 궁전 같은 집 앞

도로에 진창이 있다고 화를 내. 내 말 제대로 들었니? 진창이 있다고
화를 낸다고!"

할아버지는 천장을 향해 사납게 두 눈을 부라리더니, 즐거하던 일
을 계속했다. 그건 쓰레기를 금으로 만들고, 금을 쓰레기로 만드는
일을 계속했다는 뜻이다.

"진창이라는 게 뭐니? 그것은 우리 태양계의 일부야. 형형색색의
다양한 모습을 하고, 이슬에 번쩍이며, 미세한 식물의 뿌리들이 박힌
작은 돌멩이들이 가득한, 끝없는 우주의 작은 부분이야. 우리 둘에게
진창이 무슨 문제가 된 적이 있었니? 없었어. 왜 그런지 아니? 우리
집 바닥에는 양탄자가 깔려 있지 않기 때문이야. 얘, 사람은 하나를
가지면 다른 것을 가지려고 들게 되어 있어. 그것은 자연의 법칙이
야. 아무것도 가지지 않았을 때에만, 넌 그 법칙에서 벗어날 수 있
어."

갑자기 너무나 큰 슬픔이 밀려들었다. 거대하고 희뿌연 강물이 범
람하여 내가 애타게 고대해 마지않던 모든 것을 깡그리 휩쓸어가 버
린 것만 같았다. 말인즉슨 할아버지가 옳았다. 할아버지가 모든 진리
를 무한정 독점한 것은 아니다. 하지만 그 순간에는 할아버지가 옳았
다. 하나를 가지면 어쩔 수 없이 다른 것이 필요해진다. 사실 그럴
필요가 없을 정도로 조금만 가져도 사는 데는 지장이 없다. 그런데
냉정히 생각하면, 그렇게 살아서는 성공을 할 수가 없다. 그리고 난
대학에 진학하고 싶었다. 하지만 그것은 우리 형편에 감당할 수 있는
문제가 아니었다. 나는 미래에 대해서 생각해 본 적이 없었다. 내게는

할아버지의 말이 곧 법이었다. 우리는 그 법에 따라 살면 되었다. 그런데 그렇게 사는 동안에 아침마다 할아버지가 천식에 시달리는 시간이 길어졌고, 할아버지의 두 다리는 부어올랐다. 그리고 그걸 보면서 나는 갈수록 불안해졌다.

"앙큼한 녀석 같으니, 내 다리까지 쳐다볼 게 뭐 있어!" 할아버지는 이렇게 말했을지도 모른다.

나는 힘들게 얻어낸 10크로네를 식탁 위에 꺼내 놓았다. "약소하지만 이거 받고 내 머리 좀 손질해 줄 용의 있어?" 나는 이렇게 물어보며 의자에 앉아 눈을 감았다. 맙소사! 그러고 보니 밖에 나갈 일이 있었다. 내 인생의 첫 데이트가 기다리고 있었다. 어쩌면 마지막 데이트가 될지도 모를 일이었다.

나는 마조히스트(피학대 성욕도착증 환자)와 같은 기분에 젖어 머리를 아주 짧게 잘라달라고 명령하듯 말해 버렸다. 내 마음은 나머지 세계에 대한 미움으로 가득 차 있었다. 끔찍해 보일 내 꼴에 대해서도 분통이 터졌다. 기억 속의 비극적 사건으로 남은, 베수비오 화산 폭발로 죽은 사람들처럼, 나는 흐르는 용암 속에서 응고되어, 남학생이 빤히 쳐다볼 때마다 엄습하는 영원한 수줍음의 기념물로서 미래 세대에게 타산지석이 되고 싶었다.

2

첫 데이트를 하러 가는 길은 한 소녀의 영혼의 일기장 속에 황금빛 편지들과 함께 기록되어, 지우려야 지울 수 없이 남아 있다고 한다. 또 소녀의 가슴에는 지극히 순수한 감정의 보석이 남아 있어, 이어지는 다른 경험들을 통해 값을 따질 수 없는 가치를 지닌 보석으로 연마된다고 한다. 그런 소녀에게서 뿜어져 나오는 광채라면, 번쩍이는 태양처럼 사람들의 눈을 부시게 할지도 모른다.

이렇게 정곡을 찌르는 표현이 또 있을까 싶다. 나도 첫 데이트를 하러 가던 길을 정말이지 평생 잊지 못할 것이다. (하지만 혹시 언젠가는 잊어버리지 않을까?) 사실 내 모습은 눈이 부셨다. 비가 왔기 때문이다. 할아버지가 이번에는 각고의 노력을 기울여 자른 내 머리카락을 타고 빗물이 흘러내렸다. 빗물은 코와 맨 귀를 타고 흘러 곧바로 외투의 깃 속으로 흘러들었다. 내 발에는 전위적인 예술 작품과 신발이

독특하게 혼합된 것이 신겨 있었다. 그러나 밑창을 새로 간 덕에, 나는 발을 질질 끌지 않고 걸을 수 있었다. 나는 벌겋고 거친데다 손톱까지 물어뜯어 놓은 두 손을 외투 주머니에 넣었지만, 고개는 빳빳하고 거만하게 치켜세웠다. 그건 우리도 인정하다시피, 우리가 빳빳하고 거만했기 때문이었다. 할아버지는 말할 때 보면, 늘 허울은 번지르르 했다. 유감스럽게도 나는 이런 점에서는 항상 왕초보였다. 나는 걸어 다닐 수밖에 없는 처지이면서, 택시를 타고 다니는 사람의 얼굴을 할 수가 없었다. 물론 그것은 할아버지의 철학이 잘못되었다기보다는 오히려 내 자신이 부족했기 때문이었다.

시계탑의 시계가 2시 반을 가리켰다. 아직도 영겁의 시간이 남아 있었다. 나는 손목시계는 없었지만, 시간을 정확히 지키기 위해서라면 몸을 사리지 않았다. 자기가 시간이라고 주장하는 할아버지와 달리 내 머릿속에는 나를 위해서 쉬지 않고 시간을 통제하는 기계가 들어 있었다. 그 기계는 앞뒤로 5분 정도의 오차는 허용했다. 이제 30분 뒤에는 데이트가 기다리고 있다. 나는 한 문구점의 진열창 앞에서 걸음을 멈추고, 진열된 상품을 내 몸 안으로 빨아들였다. 문구점은 내가 지금껏 변함없이 가장 좋아했던 곳이다. 나는 새 공책과 나무자의 냄새가 그저 좋았다. 제도용구 상자의 파란색 벨벳과 새 만년필의 광채가 좋았다. 분필과 수채화용 물감, 새 붓과 우표수집 앨범이 좋았다. 나는 어렸을 때, 숨이 막힐 정도로 흥분을 안겨주는 꿈을 자주 꾸었다. 문구점을 소유한 먼 친척이 갑자기 세상을 뜨고 난 뒤, 내가 유일한 상속자가 되는 꿈이었다. 나는 꿈속에서 창고 뒤편에 앉아 내 인생에서 가장 아름다운 밤들을 보냈다. 나는 지금도 여전히 꿈에서 느꼈던 매끈한 아트지의 감촉을 기억하고 있으며, 주체할 수 없을 정도로 많은 엄청난 양의 멋진 문구류를 떠올릴 때마다 현기증이 일곤 한다.

나는 시립공원으로 불리는 거리를 따라 느릿느릿 걸음을 옮겼다. 마치 내가 룸펠슈틸츠헨(독일 동화 《룸펠슈틸츠헨》에 등장하는 인물의 이름)의 누이 같다는 느낌이 들었다. 도대체 데이트를 할 때 사람들은 뭘 할까? 나는 세계문학 작품에 등장하는 다양한 인물들을 떠올리려고 애썼다. 나는 그들이 은밀한 시간을 보낼 때 그걸 훔쳐본 장본인이었다. 나는 문득 그렇게 낡고 퇴색한 작품 속의 실제 인물보다는 관음증 환자가 훨씬 더 편할 거라는 말이 이해가 되었다.

안나 카레니나는 불안한 마음으로 밀회를 위한 걸음을 재촉했다. 그녀는 사랑의 힘에 이끌린 나머지, 조금도 망설이지 않았다. 그런데 나는 불안함도 사랑의 힘도 느끼지 못했다. 처음부터 끝까지 호기심밖에 느껴지지 않았다. 소설 속 주인공들은 내 눈 앞에서, 아니 표지에 찍힌 시립도서관의 도장들 사이에서, 벌써 여러 번 정열적으로 키스를 나누었던 터라 나는 꼭 내 입술로 직접 그렇게 해 보고 싶었다. 나도 어지러움을 느낄까? 열렬한 그리움의 달콤한 어둠 속으로 가라앉게 될까? 무엇을 향한 열렬한 그리움일까? 사랑을 향한 그리움? 사람 뒤에 숨어 있는 그 무엇을 향한 그리움?

작은 회색 비둘기 두 마리가 도로변에 앉아서 산호 같은 눈으로 나를 쳐다보았다. 이런! 내게 경고를 주기 위해서 내 목소리들이 찾아온 것이다. 그들의 시선은 이렇게 말하고 있었다. "가지 마. 모두 다 바보 같은 짓이야. 넌 창피만 당하게 될 거야." 사랑스런 내 목소리들아! 난 가야 해. 마치 내 안에 다른 사람이 있어, 공원 방향으로 가라고 날 밀어내는 것 같았다. 비둘기들이 혐오스런 모습으로 날아올랐다. 그 시끄러운 날갯짓 소리에 내 자신감도 날아가 버렸다.

*

이르카는 공원 언저리에 서 있었다. 그 아이의 머리카락과 귀, 그리고 코에서도 빗물이 흘러내렸다. 그때가 내가 몸을 돌릴 마지막 기회였다. 하지만 나는 나를 너무나 잘 알고 있었다. 나는 도망가지 않을 것이다. "고개를 꼿꼿하게 들고, 가슴을 내밀어!" 할아버지라면 이렇게 말했을지도 모른다. 그건 제대로 된 가슴을 갖지 못한 할아버지에게나 어울릴 자세다.

머릿속의 시계가 나에게 10분의 여유를 더 주었다. 나는 이르카의 말끔한 얼굴과 자연스럽게 바지주머니에 들어가 있는 손, 반들반들 윤이 나는 구두, 외투에 딱 어울리는 바지의 빳빳한 주름을 바라보았다. 그 아이가 청록색 바지에 하늘색 외투를 입었다면, 그 아이가 조금이나마 말쑥하지 않았다면, 최소한 그 아이의 코에 아주 작은 여드름이라도 있었다면 얼마나 좋았을까! 나는 마치 망원경의 초점을 정확히 맞추려는 듯이, 눈을 꼭 감고, 그 아이의 입술에 마음을 집중했다. 나는 달콤한 어지럼증이 밀려오기를, 무한한 열정이 찾아와주기를 기다렸다. 그런데 내겐 아무 일도, 정말 아무 일도 일어나지 않았다.

회색 비둘기 두 마리가 다시 내 곁을 스치고 날아가며 그중 한 녀석이 내 어깨 위에 자기가 다녀갔다는 흔적을 떨어뜨렸다. 날 좀 내버려 둬. 나도 내가 이러지도 저러지도 못할 지경에 놓였다는 걸 알아. 이르카는 그 자리에서 왔다 갔다 하고 있었다. 그 아이의 오른쪽 다리가 질질 끌렸다. 가만 보니 이르카가 추워하는 것 같았다. 절름발이에다 안짱다리야! 나는 이렇게 속삭이며, 마르지 않는 내 증오의 샘을 마구 헤집어, 혹시 미움의 찌꺼기라도 떨어져 있는 것이 없는지 찾았다. 미워하는 거라면 자신이 있었다. 그 무엇이든, 그 누구든 미워할 수 있었다. 이 미움에는 어딘가 측은하고, 억지스럽고, 정직하지 못한 구석이 있었지만, 그래도 그 미움은 내 발걸음을 되돌리게 할 수 있을 만큼은 강했다. 계집애, 멍청하기는! 나는 혼자 중얼거렸다. 그 아이와 만날 마음이 있는 여자애는 너밖에 없을 거야. 네가 그 아이를 만나려 한 것은 달리 선택의 여지가 없었기 때문이었어. 게다가 일이 어떻게 될지 궁금하기도 했고. 더 멋진 데이트를 위해 넌 첫 데이트를 아껴 두었어야 했어. 헛되이 꿈속에서만 가져 보았던 문구점을 지나며 나는 흐느끼기 시작했다. 눈물이 빗방울에 스며들었다.

나는 집으로 뛰어가서 침대에 몸을 던졌다. 만물박사가 나를 쳐다보았지만 그건 아무래도 좋았다.

"그래, 실컷 울어!"

할아버지의 얼굴에는 만족해하는 기색이 완연했다.

"실컷 울어. 바보 같은 녀석. 네가 신데렐라라도 된 줄 알았어? 왕자님이 널 찾아낼 거라고 생각했어?"

나는 울고 또 울었다. 눈물이 끝없이 터져 나왔다. 마치 내 안에서 노아의 홍수라도 난 것 같았다.

"할아버지는 내가 마음에 들기는 해?"

나는 코가 막혀 숨을 가쁘게 내쉬며 말했다.

"그렇다고 근친상간까지 가진 않을 거야."

할아버지가 조용하게 대꾸하며, 기분 좋게 커다란 코를 닦었다. 그러면서 할아버지는 내 발 앞에 작은 종잇조각을 던져 주었다. 나는 그것을 집어 들었다. 놀랍게도 복권이었다. 할아버지가 복권을 샀던 것이다. 그걸 본 순간 난 다시 울음을 터뜨렸다.

"그래, 넌 복권이 당첨되면 뭘 살거니?"

"아무것도 안 사."

내가 흐느끼며 말했다.

"거 참. 사람이 돈으로 살 수 없는 게 바로 그건데."

*

일주일 뒤에 나는 두 번째로 첫 데이트를 시도했다. 비는 내리지 않았다. 그 반대였다. 봄과 작은 새, 갈란투스(수선화과의 알뿌리식물) 등 자연의 모든 것이 나에게 친근하게 다가왔다. 이번에는 지난번보다 현명하게 행동했다. 나는 데이트 시간이 임박해서야 집에서 출발했다. 깊이 생각할 시간을 남겨두고 싶지 않았기 때문이었다. 난 깊이 생각하지 않았다. 그냥 걷기 위해 걷는 사람처럼 걸었다. 길이 나의 목적이었다.

이르카는 긴 나무의자에 앉아서 비둘기 두 마리에게 빵부스러기를 던져 주고 있었다. 하지만 녀석들은 그 아이가 주는 그런 호사스런 먹이에는 입도 대지 않을 것이다. 비둘기들은 내 계획에 동의할 의도가 결코 없었고 내 일이 모조리 틀어지기만을 바랐기 때문이다. 내 목소리들은 나에 대해 전혀 다른 계획을 갖고 있었다.

"돈 많은 늙은 영감을 낚지 그러니."

목소리들은 이것을 제일 참신한 구상이랍시고 내놓고, 한 치도 물러설 기미를 보이지 않았다.

"그 대신 영감한테 너의 순결을 바쳐."

나는 순결을 가지고 주고받는 건 크뢰수스(리디아의 부유한 왕)에게는 밑지는 장사라고 생각했다.

"그렇게만 된다면 굉장할 텐데."

내 목소리들이 계속 알랑거렸다.

"우린 너희 집에서 네 이름의 머리글자로 수를 놓은 비단요 위에 앉아 보들보들할 깃털에 푹 파묻혀 지내게 될 거야."

그것들은 온통 황홀경에 빠져들었다.

그리고 영감은 내 옆에서 코를 골며 잠을 자겠지. 나 혼자 해 본 생각이었다.

"왜 그 사람이 네 곁에서 코를 골아?"

첫 번째 목소리가 언짢게 물었다.

"넌 침실을 따로 쓴다는 소리도 못 들어봤니?"

난 꽤 오래전부터 내 목소리들이 지난 시대의 찌꺼기일지도 모른다고 의심했다. 하지만 우리의 현대는 고스란히 그 시대를 빠져나온 게 틀림없었다. 난 그렇게 의심을 품는 일에 재미를 느꼈다. 비둘기들의 오만불손한 시선과 빵부스러기에 대한 무관심만큼이나 재미가 있었다. 나는 긴 나무의자로 가서 이르카 옆에 앉았다. 비둘기들이 못마땅하다는 듯 요란하게 날갯짓을 하며 날아갔다.

"나 너한테 수학 과외를 받고 싶어."

이르카가 우리 사이에 내려앉은 침묵을 깨뜨리기 위해 입을 열었다.

좋아. 얘, 그런데 사랑은 사랑이고 일은 일이야. 이건 너한테는 좋지 않은 소식인데, 난 시간 당 10크로네를 받아. 게다가 벌써 다 예약이 되어 있고. (그건 그렇고 매일 멍청한 아이들을 가르치다 보면, 넌더리가 날지도 몰라.)

"내가 그걸 할 수 있을지 모르겠다."

나는 이르카의 말을 끊고 나서 계속 침묵을 지켰다.

"퇴학당할까 봐 겁나서 그래."

이르카가 이유를 설명했다.

"넌 겁나는 게 있기는 있니?"

질문을 받고, 나는 당황했다. 내가 두려워하는 게 무얼까? 내게도 두려운 것이 있기는 했다. 예를 들어서, 나는 어떤 사람에게 손을 내밀었는데, 그 사람이 나를 무시할까 봐 두려웠다.

"고통스런 상황에 처하면 누구나 다 겁이 나는 거야."

누구나 다 그렇다고? 나는 웃지 않았다. 이르카는 할아버지를 모르니까. 할아버지는 고통스런 상황이 없으면 살 수가 없는 사람인데. 할아버지에게 고통스런 상황은 마치 호흡에 필요한 공기와도 같은 것이다.

"넌 할아버지와 단 둘이 사니?"

단둘이 사냐고? 이르카는 대화를 이어가면서 내 기분을 맞추려고 애썼다. 그런 모습을 지켜보면서, 나는 도대체 내가 살아 있기는 한지 생각해 보았다. 하느님! 이 데이트를 어떡하면 좋을까요? 키스를 하기에는 날이 아직 너무 밝았지만, 난 그 기회만 엿보고 있었다. 날이 어두워지려면 6시는 되어야 할 것이다. 이르카의 쓰잘머리 없는 소리를 들으며, 그때까지 참아야 하나? 할아버지, 내가 이러고 있는 것을 보지 못한 걸 다행이라고 생각해! 할아버지의 교육이 어떤 결과를 낳았는지를 목격하면, 모르긴 몰라도 그 자리에서 쓰러질걸!

"너희 할아버지를 꼭 뵙고 싶어."

얘, 그런 걱정하지 마. 할아버지가 너 같은 아이를 절대 그냥 내버려 두지 않을 테니까.

"아침에 학교 갈 때는 널 도무지 못 보겠던데, 왜 그런 거니?"

"아침에 신문을 배달하거든."

"세상에! 왜?"

이르카는 놀랐다.

"그때는 아직 한밤중일 텐데!"

"몸의 컨디션을 유지하려고."

"뭘 위해서?"

"신문을 배달을 위해서. 그런 건 잊어버려."

난 그 상황을 견딜 수가 없었다. 키스를 위해 그렇게 비싼 대가를 치르다니!

그건 그렇다 치고, 키스를 하지 않는다면, 내가 잃을 게 뭘까? 서로 입술을 맞대는 바보 같은 짓을 못한다는 거겠지. 그런데 그건 뭘까? 살 한 조각과 또 다른 살 한 조각. 그러나 나의 호기심은 이 모든 상념들보다 더 강렬했다.

"네 다리 있잖아. 너 그것 때문에 부끄럽니?"

내 나름대로 신경 쓴답시고 처음 건넨 말이었다.

이르카는 어처구니없다는 듯 물끄러미 나를 바라보았다. 아무래도 누가 자기 다리에 대해서 이야기를 하는 게 어색한 것 같았다.

"동정은 관둬."

이르카가 목소리를 내리누르며 말했다.

"왜 난 동정을 하면 안 돼? 나 같으면 누가 날 동정해 주면, 기분 좋을 것 같은데. 그런데 아무도 날 동정하지 않았어. 누구든지 나를 항상, 무슨 일이라도 할 수 있는 여자애로밖에 생각하지 않았어. 그게 내게 어울리는 일인지 아닌지는 도통 상관하지 않았다고."

"너 같이 예쁜 여자애를 동정해야 할 이유가 뭔데?"

이젠 내가 이르카를 멍하게 쳐다볼 차례였다. 그 아이는 진심으로 그렇게 생각하는 걸까? 현대 회화를 너무 많이 감상한 탓에 감각이 마비되어, 나 같은 애를 예쁘게 본 것일까? 나는 목이 메었다. 그리고 위장 부근에서 서늘한 기운이 느껴졌다. 난 이르카를 볼 용기가 나지 않았다.

*

그런데 돌연 모든 것이 끝나고 말았다. 어찌 보면 다시는 오지 않을 것 같은 그 신비로운 순간은 눈 깜작할 사이에 끝나 버렸다. 공원 의자 뒤에서 할아버지가 모습을 드러냈기 때문이다.

"공원에서 시시덕거리는 짓거리밖에 할 줄 아는 게 있나. 저를 보호해 주고 먹여 살리는, 하나밖에 없는 피붙이인 할아버지는 그 시간에 집에서 죽어가고 있는데. 세상 참! 그리고 이봐, 머리에 피도 안 마른 친구. 넌 땅덩이를 얻은 줄 알아."

"할아버지는 누구세요?"

이르카가 깜짝 놀라서 물었다.

"나로 말하면, 불량한 양심이야."

그 아이는 마치 내장에 구멍이 난 노루처럼 나를 바라보았다. 보아하니 이르카는 할아버지와 내가 감쪽같이 꾸미고 이런 장난을 치면서 자기를 우롱한다고 생각하는 것 같았다. 안녕, 정열적인 사랑의 환상이여……. 할아버지는 날 손아귀에 넣고 쥐락펴락할 것이다. 내가 치미는 분노를 삭이지 못하고 할아버지를 노려보는 동안에, 그 아이는 다리를 절룩거리며 그곳을 떠났다.

"이봐, 손녀. 난 네 순결의 안전띠야. 너도 알다시피, 우연한 만남은 위험하기 짝이 없는 거야. 도대체 네가 그 아이에 대해 뭘 알아? 어쩌면 그 아이는 중병으로 고통을 겪고 있을지도 몰라!"

"할아버지, 정신이 어떻게 됐어?"

나는 이 말밖에 떠오르지 않았다.

"전에도 여러 번 그랬지."

할아버지가 어린애 같이 좋아하며 말했다.

"그건 그렇고. 네게 좋은 소식이 있어."

"내게 좋은 소식은 할아버지가 외인부대에 지원하는 것밖에 없어. 그러니 이제 나 좀 내버려둬."

나는 대성통곡이라도 하고 싶은 기분이었다. 그렇게 참담한 기분을 느낀 것이 이번 주에만 벌써 두 번째였다. 지난 16년 동안 한 번도 느껴보지 못한 감정이었다. 하지만 난 이번에는 집으로 달려가지 않고, 이르카를 쫓아 달렸다. 할아버지가 물구나무를 서서 귀를 흔든다 해도 이제는 정말 그 아이와 함께 가고, 그 아이에게 키스를 하고, 누가 뭐래도 하고 싶은 건 다 할 것이다. 심지어 이르카를 우리 집에 데리고 가서, 그 아이는 우리 집이 지하실이어도 전혀 상관하지 않는다는 걸 할아버지에게 보여 줄 것이다. 할아버지! 이번엔 할아버지가 너무 큰 모험을 벌인 거야. 나의 주인은 나지, 할아버지가 아니야. 나는 나야. 나는 꼭두각시처럼 데리고 놀아도 되는 할아버지의 그림자가 아니야.

할아버지는 내 뒤를 물끄러미 바라보았다. 하지만 난 상관하지 않았다. 난 공원 끝에서 이르카를 따라잡고, 그 아이의 손을 붙잡았다.

"나 좀 봐. 그러지 말고. 너 우리 할아버지를 만나고 싶다고 했잖아. 방금 만난 사람이 우리 할아버지야."

그 순간 내 신발밑창이 완전히 떨어져 나갔다. 하나는 다리를 절룩거리고, 다른 하나는 발을 질질 끌면서 걷는 우리 두 사람 앞에 난감한 문제가 가로놓여 있었다. 요컨대 어디로 가서, 무엇을 할까 하는 문제였다. 그것은 모든 데이트의 물리적 기본법칙이었다.

"청춘의 사랑은 어디서 은신처를 찾는가?" 시인이라면 이렇게 질문을 던지며, 가혹한 자연의 손에 내맡겨져 꽁꽁 얼어붙은 두 마리 어린 참새에 대해 노래했을지도 모른다. 그나저나 나는 몹시 추웠다. 무릎까지 오는 양말 위로 무릎이 시퍼렇게 드러났다. 이르카는 따뜻한 구두를 신어서, 시내를 어슬렁거리며 돌아다니고 싶었겠지만 난 따뜻하고 어두컴컴한 곳으로 가고 싶다는 생각밖에 들지 않았다. 이윽고 좋은 생각이 떠올랐다. 그래, 영화관에 가는 거야!

영화관은 나에게 열광과 비애가 하나로 덩이진 곳이었다. 그건 할아버지가 영화를 보려고 돈을 낭비하는 것보다 더 쓸데없는 짓은 없다고 주장한 탓이었다. 나는 이따금 영화를 보긴 했다. 내가 본 영화 가운데는 《10월의 레닌》과 같은 단체관람 영화도 있었다. 나는 낯선 운명들이 스크린 위에서 내 앞을 지나 열을 나누어 행진하는 광경을 지켜보기 위해서, 어린 멍청이들에게 과외를 해서 받은 돈을 탕진한 적이 몇 번 있었다. 나는 영화에 매료되었다. 영화는 아무리 보아도 물리지가 않았다. 나는 어쩌다 그렇게 된 것처럼 꾀를 써서 이르카를 가장 가까운 곳에 있는 영화관으로 유인하고는 시험하듯 영화 포스터를 노려보았다. 달콤한 예감에 빠진 나는 가슴과 위장 사이의 공간이 떨리고 있음을 느꼈다. 알다시피 거기는 영혼이 자리 잡은 곳이었다. 영화를 보며 첫 키스까지 나눈다! 좀 심한 바람일까?

이르카는 그럴 때 어떻게 행동해야 하는지 훤히 알고 있었다. 그 아이가 영화표를 사는 모습을 떨리는 심정으로 지켜보면서 나는 짐짓 아무렇지도 않은 척하는 표정을 지으려고 애썼다.

"뒤쪽으로 가자."

내가 적절한 시점에 맞춰 이르카에게 제안했다. 그 아이는 놀란 표정으로 나를 쳐다보았다. 어쩌면 내 눈은 원시라느니 하는 등의 핑계를 댔더라면 더 좋았을지도 모른다. 하지만 난 그러지 않았다. "절대 속임수를 쓰지 마!" 할아버지가 두 번째로 중요하게 여기는 기본원칙이었다. 할아버지가 자주 들먹이는 기본원칙, 곧 "매사에 속임수를 써!"만이 그 원칙에 우선할 수 있었다.

*

그렇게 기분이 좋을 수가 없었다. 우리는 맨 위층 관람석의 가장 자리 쪽으로 자리를 잡았다. 영화관은 따뜻했고, 좌석은 절반쯤 비어 있었다. 나는 모든 것을 멀리 떨어져서 보듯 관찰했다. 그렇게 보니, 모든 것이 마치 지금 시작된 연극을 위한, 다시 말하면 두 인물의 사랑과 삶의 문제를 다루는 단막극을 위한 무대장치와도 같아 보였다.

우리가 각자 좌석에서 필요 이상으로 거리를 두고 앉아 있는 동안에 주말뉴스가 상영되었다. 무엇에 찬성하는 집회가 열리고, 무엇에 반대하는 시위가 벌어지고, 동물원에서 아기 사자가 태어나고, 어느 유명한 화가가 죽고, 세계 어디에선가 어떤 건축물이 세워지고, 다른 어디에선가는 건축물이 붕괴되었다는 소식이 이어졌다. 나와 이르카가 앉은 두 좌석 사이를 가로막고 있는 심연을 건널 방법에 대해 궁리할 시간은 충분했다. 내 자리에서는 잘 보이지 않는 척하면서 그 아이 쪽으로 더 가까이 가는 것은 어떨까? 하지만 내 앞자리에 아무도 앉지 않았는데, 그걸 어떻게 이르카에게 이해시키지?

드디어 영화가 시작되었다. 미리 어떤 영화인지 알고 왔더라면 좋았을 뻔 했다. 사랑과 정열로 가득한 이야기가 펼쳐질 거라는 기대와는 반대로, 스크린에서는 갈라파고스 섬에 서식하는 어벙하게 생긴 동물들이 나를 뚫어져라 내려다보고 있었다. 나는 우울해졌다. 거북이에 더해, 생김새가 모두 거기서 거기인 그 밖의 동물들이, 우리 두 사람의 손이 서로 가까워질 수 있을 정도로 근사한 분위기를 조성해 주리라고 기대하기란 애당초 틀린 노릇이었다. 세계문학의 장편소설들 속에는 그런 분위기가 아주 그럴 듯하게 묘사되어 있다. 몇 제곱 센티미터의 살갗 위에서 희망과 절망의 핵폭탄이 될 양성자와 중성자가 복작거리고 있다. 손가락들 사이의 거리가 끊임없이 줄어든다. 이윽고 찬란한 합일의 순간이 다가온다. 한 손이 다른 손에 닿는다. 영혼 속에서 화산이 폭발하듯 예민한 감정이 솟구친다.

그때 느닷없이 꽈당 하는 소리가 들렸다. 나는 문득 영화와 현실이 서로 역할을 맞바꾼 것은 아닌가 하는 느낌이 들었다. 마치 실제 현실이 스크린에서 펼쳐지는 것 같았다. 관람석 맨 위층의 가장자리 쪽으로 자리를 잡은 우리가 속된 희극의 연기자가 되어, 갈라파고스의 희귀한 동물들이 눈을 커다랗게 뜨고 쳐다보는 구경거리가 된 것 같았다. 핵폭탄은 우리 두 사람의 손이 아니라, 이르카의 의자에서 터졌다. 그 아이가 앉아 있던 의자가 와지끈 하며 무너졌던 것이다. 위기일발의 순간에 이르카는 일단 낡은 난간을 붙들고 매달렸다. 하지만 냉정하게도 난간은 무너져 내렸고, 희망에 부푼 한 젊은이가 아래쪽의 저렴한 좌석으로 추락하도록 길을 비켜 주었다.

사람들은 우리를 밖으로 데리고 나갔다. 아무도 우리를 붙들고 이러쿵저러쿵 이야기를 나누지 않았다. 영화관 객석의 어둠 속에서 행동하는 요령을 몰라 헤매는 젊은이들을 익히 보아왔기 때문이었을 것이다. 극장 안내원은 이르카의 일을 아주 평범한 장난 정도로 여겼다. 그런 점에서 그는 꽤나 진실에 근접한 사람이었다. 사실 그 사건은 운명의 평범한 장난이었다. 나는 할아버지가 명실상부한 운명이라는 느낌을, 특히 나의 운명이라는 느낌을 떨칠 수가 없었다.

*

이르카가 카페에 가지 않겠냐고 했다. 나는 좀 더 품위 있는 데이트를 하고 싶은 마음에 당장 그러자고 했다. 카페는 내게 속하지 않는 세계에 포함되는 곳이었다. 하지만 할아버지의 생각에 따르면, 원칙이란 어차피 무시하기 위해 있는 것이다. 물론 나는 요사이 들어서 더는 할아버지가 늘 옳다고 믿지 않게 되었다. 아무튼 순진하기 짝이 없는 상상이긴 하지만, 나는 멋진 영어 클럽의 한 회원에게 초대받은 손님이 된 상상에 빠졌다. 평소에는 닫혀 있던 문들이 활짝 열리고, 평소 같으면 사람들을 닦달했을 문지기들이 공손하게 인사를 한다. 사람들은 스스럼없이 유서 깊고 우아한 클럽 회원실로 들어간다. 실내에는 우리 시대의 신사들이 뿜어낸 역사적인 담배 연기가 피어오른다. 나는 세계의 숙녀라는 이름을 가진 3번 마스크를 쓰고 똑바로 서서 자연스럽게, 짐짓 지루하고 냉담한 표정으로 붉은 벨벳 좌석이 가득 찬 곳으로 들어선다. 우리는 창가에 자리를 잡는다. 그곳은 실내를 통틀어 유일하게 맨살이 들어난 나의 무릎 위로 바람이 세게 부는 곳이다.

우리는 커피를 시켰다. 연미복 차림의 종업원이 밀크 커피로 할지,

터키식 커피로 할지 물었다. 나는 밀크 커피를 마시기로 했다. 처음부터 고향의 습관에서 너무 많이 벗어나고 싶지 않아서였다. 그 순간 엄청난 두려움이 밀려들었다. 이르카의 수중에 돈이 넉넉하지 않으면 어떻게 하지? 그 아인 나에게 돈을 빌리려 할 텐데, 난 땡전 한 푼 없는 빈털터리였다. 종업원은 어떻게 나올까? 그런 상황이 되면, 무슨 일이 벌어질까? 두들겨 팰까? 싱크대에서 20년 동안 강제노동을 시킬까? 이런, 할아버지가 늘 하는 소리가 있잖아! 오늘 걱정은 조용히 내일로 미루라! 종업원이 구수한 냄새가 나는 것을 내 앞에 내려놓았다.

맛있는 음식을 먹을 때마다 나는 눈을 감는다. 먹으면서 즐거운 일을 떠올린다. 특별히 즐거웠던 기억을 끄집어내는 것이다. 그러면 먹는 즐거움이 배가 된다. 하지만 카페에서 두 눈을 감고 멍하니 앉아 있는 모습은 보기에도 우스꽝스러울 것이다. 그래서 나는 눈을 감는 대신에 시선을 창밖으로 돌려, 비바람과 추위를 피해 발걸음을 재촉하는 사람들을 바라보았다. 커다란 유리창을 타고 흘러내리는 빗방울을 보니, 달콤한 커피를 한 모금 마실 때마다 몸속으로 흘러드는 안정감과 안도감이 더욱 진하게 느껴졌다.

서서히 어둠이 밀려들었다. 나는 갑자기 집에 가고 싶은 기분이 나지 않았다. 처음으로 그 차갑고 축축한 공간으로 돌아가고 싶지 않다는 기분을 느꼈다. 그 안에서 할아버지와 나는 마치 행복한 사람인 양 살고 있었다. 그렇게 살고 있었던 것만은 아니었나? 나는 오늘부터 새로운 마스크, 곧 할아버지와 우리의 공동생활에 필요한 마스크를 써야 하는 것은 아닌지 갑자기 불안하고 두려웠다.

그런데 바깥으로 나오자 차가운 바람이 내 치마 속으로 파고들었다. 나는 다시 제정신이 들었다. 맙소사! 이게 무슨 일이지? 내가 뇌경색을 앓았나? 내 자신을 벌하는 기분으로, 나는 이르카의 손을 잡았다. 사실 특별히 가혹한 벌이라고는 할 수 없었다. 오히려 그 반대였다. 그 아이의 몸이 흠칫 떨렸다. 그 느낌에 기분이 좋아져서, 나는 이르카에게 집까지 바래다달라고 했다. 이 남자아이로 하여금 자기 눈으로 진실을 보게 하려면, 상상이 현실보다 더 훌륭해서는 안 되기 때문이었다.

이르카는 주저하며 내 제안을 받아들였다. 보아하니 이르카는 할아버지와 처음 만나며 겪었던 불쾌한 사건에 대해 생각하는 눈치였다. 그렇게 해서 우리는 사람을 놀라게 하는 할아버지의 기이한 기술의 걸작을 맛보게 되었다.

*

우리 방은 어두웠다. 방 깊숙한 곳 어디쯤에서 촛불들이 깜박거렸다. 나는 불을 켰다. 그러자 지금까지 한 번도 구경하지 못한 광경이 내 눈앞에 펼쳐졌다. 방안에는 꽃이 가득했다. 얼마나 터무니없는 값을 주고 샀을지 모를 라일락 가지들이 맥주잔과 삶은 과일을 담는 그릇에 담겨 꽃을 피우고 있었고, 거대한 선인장이 천장 밑에서 창문까지 팔을 벌리고 있었다. 마치 그 뒤에 사막이 펼쳐져 있는 듯했다. 설탕 그릇 안에서는 오랑캐꽃이 시들고 있었다. 내 침대 위에는 36톤 차바퀴만 한 화환이 놓여 있었다. 그리고 방 한 가운데서는 나무로 된 통속에서 자작나무 숲이 자라고 있었다.

할아버지가 화원을 송두리째 털었구나! 맨 처음 내 뇌리에 떠오른 생각이었다. 그때 이르카가 숨넘어가듯 소리를 지르며, 떨리는 손으로 자작나무 숲 한 가운데를 가리켰다. 그곳을 보니 할아버지가 관에 누워 있었다. 할아버지의 머리와 발끝에서는 촛불이 일렁거리고 있었다.

"맙소사!"

이르카가 속삭였다.

"어머나!"

나는 소리를 지르며 관으로 달려가 할아버지를 흔들어 깨웠다.

"무슨 돈으로 이 관을 샀어?"

나는 직감적으로 소리를 질렀다. 혼란스런 예감이 머리를 스치고 지나갔기 때문이었다. 할아버지가 몸을 일으키며 눈을 비비고 기침을 하더니, 앓는 소리를 토해내면서 관에서 기어 나왔다. 이어서 할아버지는 맨발로 슬리퍼를 더듬어 찾으며 혐오스런 표정으로 나를 뜯어보았다. 이르카는 거의 실신 직전이었다.

"내가 진짜로 죽을 때만 기다려."

할아버지가 격한 목소리로 말했다.

"그럼 어떻게 되는데요?"

이르카가 당황한 목소리로 중얼거렸다.

"더 많은 빛을, 더 많은 빛을." [2]

할아버지가 이르카를 거들떠보지도 않고 말했다.

"그럼 어떻게 되는데요?"

상상력이 부족한 이르카가 또 중얼거렸다.

"얘는 머릿속도 절뚝거리니?"

할아버지는 돌연 상상력 놀이를 거두었다. 할아버지가 거창한 연설을 계속하기 전에 내가 먼저 흥분해서 소리를 질렀다.

"내 복권 어딨어?"

"네 주위를 한번 둘러봐."

할아버지가 말했다.

"당첨 금액이 예상보다 많아서 씀씀이를 좀 늘렸어. 여기 있는 관 하나에다 꽃, 그리고 95C컵 사이즈 나일론 브래지어 두 개를 샀지. 브래지어는 크기가 맞지 않으면 교환할 수 있어. 영수증은 안에 들어 있고."

나는 도통 뭐가 뭔지 갈피가 안 잡혀, 영수증을 손에 들고 자그맣게 인쇄되어 있는 문구를 읽어 보았다. '위생상의 이유로 본 상품은 교환이 되지 않습니다.' 브래지어는 흉물스러웠고, 점점 나이를 먹어 가는 샴쌍둥이의 모자 두 개와 비슷했다. 할아버지는 내게 기력을 잃고 주저앉을 기회조차 주지 않았다.

●●●

2) 죽음을 앞둔 괴테가 마지막으로 했다고 알려진 말에 빗대어 표현한 것.

"네가 크면 몸에 맞을 거야. 그리고 전축도 샀어. 내가 지금까지 너에게 음악 교육을 소홀히 했잖아. 그 점에서는 내가 욕을 먹어도 싸. 처음이라 우선 우리나라의 우방국과 적국의 국가(國歌)를 모두 다 샀어. 앞으로 네가 공식행사 때 당황할 일은 더 이상 없을 거야."

나는 긴장이 누그러졌다. 온몸이 이상하리만치 가려웠고, 갑자기 모든 것이 망각 속에 묻혔다. 영화관도, 생크림을 얹은 커피도, 따스함과 안정감을 동경하던 마음도 기억에서 사라졌다. 나는 터져 나오는 웃음을 참을 수 없었다. 누가 벌써 관을 소유하겠는가? 그런 식으로 마지막 순간까지 손녀딸의 인성을 보호해 주려고 애쓰는 할아버지가 또 어디 있겠는가? 나는 마구 웃었다. 웃다보니 웃는 건지 우는 건지, 도무지 구분이 되지 않았다.

침대로 온 할아버지는 내 곁에 앉아 내 등을 쓰다듬었다.

"난 네가 바른 길에서 벗어났을 거라고 생각했다."

할아버지는 이렇게 말하면서 불쾌한 표정으로 이르카를 쳐다보았다. 마치 접착제를 밟기라도 한 것처럼 이르카는 여전히 그 자리에 서 있었다. 그 아이의 머리카락 밑에서 복잡한 생각이, 생쥐가 쫓기듯 이리저리 바쁘게 내달리고 있는 게 훤히 보였다.

"죄송한데요. 바른 길이 뭐예요?"

이제는 이르카가 할아버지의 도전을 받아들였다.

"육체를 돌보지 않음으로써 영혼을 높이 끌어올리는 것이지."

이르카가 농담을 걸어왔다.

"난 할아버지가 여기서 탁발승 학교를 운영하는 줄은 꿈에도 몰랐어요."

"탁발승은 아니지만, 700크로네로 한 달을 사는 사람이 누굴까?"

할아버지가 하얀 꽃이 뿌려진 자기 침대에 젊은 신부처럼 큰 대자로 누우며 말했다.

"그거야 자기 탓이죠."

이르카는 만만하게 물러서지 않았다.

"할아버지는 양로원, 야나는 기숙사에 들어가면 돼요."

나는 할아버지가 폭발하기를 기다렸다. 하지만 할아버지는 평정심을 잃지 않았다.

"그리고 넌 정신병원에 가면 되고."

이어서 할아버지가 나를 향해 말했다.

"호르텐지아 공주, 머리 빗어라. 우리 집에 손님들이 올 거야. 고철 재활용 분야에서 일하는 내 친구들이 잠시 들르기로 했거든."

나는 자리에서 일어났다. 나는 안다. 할아버지가 옳다는 것을. 그리고 할아버지가 이르카보다 더 머리회전이 빠르고, 더 재치 있고, 더 독창적이라는 것도 안다. 물론 할아버지가 최고이고, 앞으로도 그럴 것이라는 것도 안다. 하지만 이르카를 세상 모든 것 앞에서, 무엇보다도 할아버지 앞에서 보호해 주고 싶다는 소망과 함께, 그 아이에 대한 작은 불꽃같은 동정심이 내 안에 뿌리를 내렸다. 사실 왜 그랬는지는 나도 몰랐다. 그 때문에 난 이따금 밤에 내 목소리들과 대화를 나눌 때만큼이나 기분이 얼떨떨했다. 마치 내 몸이 두 개로 쪼개진 것 같았다. 내 곁에 또 다른 야나, 아주 작고, 갓 알에서 깨어나

머리의 솜털은 축축하고, 지금까지 있었던 내 인생의 소란스런 사건들과는 전혀 무관한 또 다른 야나가 앉아 있는 것 같았다.

"이리 와서 앉아."

나는 이르카에게 자리를 권했다. 이어서 나는 고개를 옆으로 돌려, 할아버지의 시선을 피했다.

그날 오후는 온통 엉망진창이 되었지만 마침내 우리는 손을 마주 잡고 나란히 앉아 방안의 어스름 속으로 빠져들었다. 관 주위에서는 촛불들이 일렁거렸고 통 속의 나무들은 기다랗고 흔들거리는 그림자를 던지고 있었다. 나는 황홀한 기분에 젖어 나중 일이야 아무래도 좋다고 생각했지만 곧바로 그 생각을 거두었다. 왜냐하면 만물박사께서는 종종 즉석에서 내 소원을 이루어 주곤 했기 때문이었다.

*

나는 늘 할아버지의 모습이 늙은 해마 같다고 생각했다. 그런데 대형쓰레기를 수집한다는 두 친구와 함께 있는 걸 보니, 갑자기 할아버지가 한창 때에 접어든 남자로 보였다. 할아버지의 동료라는 두 노인은 벌써 어딘지 한물간 사람들 같았다. 할아버지는 자세가 반듯하고 고개를 당당하게 들었지만, 두 노인은 허리가 구부정했고 두 눈을 땅에 두고 있었다. 할아버지는 눈빛이 살아 있고 목소리는 종소리 같았지만, 두 친구의 목소리는 늙은 까마귀처럼 깍깍거렸고, 시선은 불안하고 신경질적이었다. 나의 어림짐작으로도 그분들은 결코 할아버지보다 나이가 많지 않았다. 하긴, 할아버지라면 나이는 성격과 생활방식에 달린 문제라고 말했을 것이다. 어려서 배우지 못한 것은 커서도 배우지 못하는 법이다.

질 낮은 싸구려 브랜디를 한 잔 들이킨 노인들은 금방 취기가 오른 듯했다. 그들은 몸을 약간 비틀거렸고, 소리를 질러가며 서로 상대를 향해 알 수 없는 혼잣말을 중얼거렸다. 노인들은 가장 절실한 문제이자 유일한 작업 도구인 유모차, 내가 그토록 싫어하는 유모차에 대해서 말다툼을 벌였다. 할아버지와 동료들은 유모차를 끌고 다니며 대형 쓰레기통을 뒤져 고철을 수집했다. 첫 번째 노인의 이름은 브라다취였고 대단히 성마른 성격이었다. 두 번째 노인의 이름은 흐보이카였는데, 원래 말수가 없고 마치 거미줄로 짠 사람처럼 나약해 보였다.

할아버지는 관 속에 앉아서, 촛불을 입으로 불어 껐다. 불꽃은 가만히 타올랐을 뿐인데, 그게 방해가 된다는 이유에서였다. 할아버지는 브라다취 노인을 향해 자기 유모차는 스프링을 강화했기 때문에 아무리 못해도 100킬로그램을 운반할 수 있다고 큰소리쳤다. 그것도 그거지만, 자기는 어림잡아 구리가 천 톤 가량 쌓여 있는 곳을 알고 있다고 주장했다. 하지만 다른 사람에게 그곳을 알려 주는 일은 결단코 없을 거라고 했다.

내가 추측하건대, 할아버지의 말에 브라다취 노인이 갑자기 입을 다문 걸 보면, 구리는 특별히 값비싼 물건임이 분명했다. 그 덕분에 할아버지는 관을 연단 삼아 혼자서 철학적인 연설을 계속할 수 있었다.

할아버지가 철학에 조예가 깊은 것은 사실이지만, 아쉽게도 거기엔 체계가 없었다. 할아버지의 철학적 신념은 사람들이 철학 책들을 폐지로 내다버리는 풍조와 연관이 깊었다. 할아버지는 먼저 퇴폐적인 부르주아 철학 사조들에 대해 언급했고, 이어서 고대철학을 입에 담았다. 덧붙여 은행제도에 대한 어떤 스위스 사람의 경제적 의견에 대해서도 언급했다. 요즈음 할아버지는 1953년에 동독에서 나온 철학사전을 외우는 중이었다. 어떤 대사관에서 나온 폐지에서 건진 책이었다. 그 사전은 말 그대로 보물창고였다. 할아버지는 사전에서 외운 대로 사이버네틱스(인공두뇌학)는 노동자계급의 눈을 현혹하는 데 이바지할 뿐이며, 다른 쪽으로도 해로운 사이비과학이라고 주장했다.

나는 할아버지에게 그런 생각은 동독에서도 벌써 낡은 이론이 되었고, 사이버네틱스는 자동 제어 시스템에 관련된 과학이라고 알려 주었다. 할아버지는 내 설명을 듣고 유난히 흡족해했다. 그리고 새로 얻은 지식을 소화하려는 듯 몸을 죽 펴고 편안하게 관 속에 드러누웠다.

그 사이에 흐보이카 노인은 몰래 술병을 집어 들었고 브라다취 노인은 성난 발걸음으로 방안을 돌아다녔다. 그는 이따금 할아버지의 유모차 곁에 걸음을 멈추고 서서 전문가 같은 표정으로 스프링을 관찰했다. 하지만 그의 머릿속은 구리 생각으로 매우 혼란한 듯했다. 얼굴에 그런 기색이 완연했다. 그러던 차에 할아버지가 갑자기 벌떡 일어나더니, 두 친구에게 자기가 좀 전에 설명했던 것을 이해하기는 했느냐고 물었다. 두 노인은 깜짝 놀라서 할아버지를 바라보았다.

"자동 제어 단위의 가장 간단한 사례는 인간이에요."

할아버지가 엄숙히 선언했다.

"인간은 위로도 밀려나고, 아래로도……."

할아버지의 말에 나는 다시 소스라치게 놀랐다. 하지만 할아버지는 말을 멈출 기세가 아니었다.

"흐보이카 영감, 내 아주 간단히 묻겠소. 당신에게 삶의 의미는 무엇이요? 왜 당신은 이 세상에 살고 있나요?"

흐보이카 노인이 서둘러 훌쩍 한 모금 더 마시더니, 나지막하게 입을 열었다.

"바넥 영감, 난 그런 문제는 잘 몰라요. 전에 내겐 아들 하나와 재봉용품 가게가 있었어요. 그런데 제3제국(1933년에서 1945년까지 히틀러가 권력을 장악한 시기의 독일)이 들어섰고, 그 다음에는 공산주의가 들어섰어요. 난 제3제국 시절에는 아들을 잃었고, 공산주의 치하에서는 상점을 잃었어요. 지금은 이렇게 나 혼자만 남아 살고 있고요. 그러나 내가 떠난 뒤에는 내 대신 다른 사람이 나와 똑같이 이 자리에 앉아 있을 수 있겠지요."

"아니, 그렇지 않아요."

할아버지가 친절하게 대꾸했다.

"그 다른 사람은 바로 당신일 거요. 틀림없어요. 인류는 세대를 넘어 균형을 향해 나아가고 있어요. 그렇기 때문에 인류에게는 과거에 재봉용품 가게를 소유했던 사람이 늘 필요해요. 그건 그렇고 브라다취 영감, 당신은 왜 이 세상에 살고 있나요?"

브라다취 노인은 생각이 깊은 사람이 아니었다. 그는 할아버지의 질문은 아랑곳하지도 않았다.

"바넥 영감, 내 당신에게 한 마디만 하리다. 구리 이야기로 내 심사를 건드릴 생각은 아예 말아요. 구리가 천 톤이라니. 구리는 흔치 않은 금속이라 세상을 다 뒤져도 그만큼 많은 양을 모을 수가 없어요."

그러자 할아버지는 이르카에게 고개를 돌렸다. 하지만 이르카는 할아버지보다 더 빨랐다. 그가 할아버지에게 먼저 질문을 던졌다.

"할아버지에게 인생의 의미는 뭐예요? 할아버지는 왜 이 세상에 살고 있나요?"

"대안이 되어 줄까 해서."

할아버지가 눈썹 하나 까딱하지 않고 대답했다.

"나는 화려하게 꾸며 입고, 인생에 만족하고, 배터지게 처먹고도 생각은 하지 않는 사람들에게 대안이 되어 주려고 살고 있어. 내가 두뇌가 되어 그런 무리 대신 생각을 해 주는 거지."

"할아버지는 나의 훌륭한 두뇌예요."

이르카가 말했다.

"하지만 할아버지가 내 대신 생각할 일은 없을 거예요."

"구리는 어디 있소?"

브라다취 노인이 갑자기 소리를 질렀다.

"엉덩이 속에 있소."

할아버지가 대꾸했다.

"내가 엉덩이를 대고 앉으면 딸랑대는 소리가 나요."

할아버지는 잠깐 자리에서 일어나 다시 앉았다. 그러자 정말 딸랑대는 소리가 났다. 할아버지가 또 일어났다 앉았는데, 이번에도 같은 소리가 났다.

"내가 죽으면 욕심 많은 영감에게 내 엉덩이를 물려주리다."

할아버지가 관에서 몸을 일으키며 말했다. 할아버지의 몸이 크게 흔들렸다.

"그런데 내가 죽기 전에 세상 사람들에게 내 생각을 알려 줘야겠어요."

그 순간 소동이 벌어졌다. 우리 모두는 잔뜩 술에 취한 할아버지가 거리로 나가 난동을 피우려 한다는 걸 금방 알아챘다. 아무래도 어지간한 소란 정도로는 할아버지 성에 차지 않을 것이다. 나는 어떻게 해야 좋을지 가닥이 잡히지 않았다. 이르카는 겁이 나서 얼굴이 새하얘졌고, 브다다쥐 노인은 화를 못 이겨 얼굴이 붉어졌다. 그 와중에도 호보이카 노인은 술병만 지키고 앉아 다른 일에는 도통 신경을 쓰지 않았다. 이르카는 할아버지가 곤드레만드레가 되었으니 붙잡아야 한다고 소리를 질렀다. 할아버지는 자기가 술로 날린 돈은 정당하게 번 것이 아니라 복권에 당첨되어 생긴 것이기 때문에 아무도 자기를 욕하지 못할 거라고 대꾸했다. 그리고 도박은 어쨌든 비도덕적인 일이고 뉴욕 주에서는 금지되어 있다고 했다.

난 아무래도 좋았다. "내일 일어날 일이라면 오늘도 똑같이 일어날 수 있다." 이것이 할아버지의 신조였다. 그런데 내 안에서는 분노가 치밀어 올랐다. 이르카가 너무나도 겁쟁이처럼 굴었기 때문이었다. 도대체 뭐가 그렇게 두려울까? 그까짓 소란이 그렇게 두려울까? 신부님에게 성수가 있어야 하듯이, 할아버지는 소란을 피워야 살 수 있다. 소란을 피운다고 우리가 사는 데 큰 지장이 있는 건 아니다. 난 벌써 잠깐이나마, 이르카와 할아버지는 결코 서로를 이해하지 못할 것이라는 예감이 들었다. 그래도 이르카는 나를 따라 밖으로 나오지 않고는 배기지 못했던 것 같다.

할아버지는 한껏 기분이 고조되어 유모차를 지하실 계단 위로 끌어올리면서 곁눈질로 이르카의 침울한 표정을 훔쳐보았다.

"너희들이 날 싣고 유모차를 운전해. 난 연설을 할 테니까."

할아버지가 명령하듯 말했다. 유모차가 벽에 부딪칠 때마다 딸그락거리고 삐걱대는 소리가 났다.

우리는 밖으로 나와 할아버지를 태우고 유모차를 밀었다. 유모차의 스프링이 신음하듯 삐걱거리는 것이 의심스럽긴 했지만, 아무튼 100킬로그램도 운반할 수 있다는 할아버지의 주장은 그런 식으로 증명이 되었다.

*

광장은 꽤 소란스러웠다. 아직 영화관이 문을 열기 전이어서 심심한 사람들이 진열창 앞에서 시간을 보내고 있었다. 할아버지는 유모차에 서서, "여러분, 안녕하십니까! 여기를 보세요!"라고 말하려고 했다. 그러나 할아버지의 시도는 처절한 실패로 돌아갔다. 유모차가 미끄러지는 바람에 몸이 넘어지면서 턱이 한쪽 모서리에 부딪쳤기 때문이다. 할아버지는 잠시 얼굴을 문지르며 유모차에 서 있으면 믿음직한 인상을 주지 못한다는 결론에 도달했다. 그래서 유모차에서 기어 나와 주위를 살펴보았다. 할아버지는 흡족한 표정으로 광장 한 가운데에 있는, 조국의 어떤 영웅의 모습을 본 딴 동상을 향해 잠시 시선을 겨누었다. 동상과 받침대 모두 크기가 어마어마했다.

할아버지는 받침대 위로 올라가 조각가가 전사의 얼굴에 조각해 넣은 부드러운 미소를 올려다보았다. 술에 취해 의식이 몽롱해진 할아버지 눈에는 동상의 미소가 자기를 조롱하는 웃음으로 보였다. 할아버지는 그 역사적 인물의 동상이 신고 있는 장화를 잡아당겼다. 동상은 꿈쩍도 하지 않았다.

그 사이에 할아버지가 이제나 저제나 목을 빼고 기다리던 구경꾼 몇 사람이 주위로 모여들었다. 할아버지는 체조 연습을 계속했다. 동상의 발을 붙들고 매달려 몸을 끌어올리던 할아버지는 마침내 동상의 장화 위에 걸터앉았다. 할아버지는 의기양양하게 사람들을 내려다보며 일반적인 삶의 의미와 특수한 세계 질서에 대한 생각을 주위를 향해 외치기 시작했다.

이르카가 내 소매를 잡아당기며 한 경찰관을 가리켰다. 그는 보폭이 짧고 신경질적인 발걸음으로 사람들 주위를 종종거리며 할아버지의 선동에 귀를 기울였다. 개인적인 관심 때문인지, 투철한 직업정신의 발로인지 한눈에 정확이 구별할 수는 없었다. 처음에는 조금 귀를 기울여 듣던 사람들이 이윽고 떠들며 웃기 시작했다. 할아버지는 구경꾼들에게 고집불통이라느니 멍청이라느니, 자동 제어 장치라느니 하며 욕설을 퍼부었다. 마침내 정말 더 이상 방치해서는 안 되겠다고 생각했는지, 경찰관은 무전기로 지원을 요청했다. 번개처럼 금새 지원 병력이 도착했고, 이어서 무척이나 재미있는 사건들이 벌어졌다.

군중이 환호성을 지르는 가운데 경찰관 두 명이 '쇠를 부어 만든 국민적 영웅의 다리'에서 할아버지를 끌어내리려고 했다. 그러나 할아버지는 동상에 딱 달라붙어 고래고래 소리를 질렀다. "당신들은 불쌍한 보헤미아의 연금생활자를 체포할 셈이요?" 구경꾼들은 경찰에 쫓겨 동상 주위로 빙빙 몰려다니며 웃음을 터뜨렸다. 경찰관 한 명이 빙 둘러선 사람들 밖으로 나와 추가 증원을 요청했다. 구경꾼들이 줄어들기는커녕 갈수록 늘어났기 때문이었다. 두 번째 증원 병력은 소동을 말끔하게 정리해 줄 무기인 물대포를 끌고 나타났다. 처음 뿜어 나온 물줄기가 브라다취 노인을 명중시켰고, 노인은 방금까지 서 있던 보도 위의 자리에서 통째로 쓸려 나갔다. 과연 노인은 자기가 어디로 사라졌는지 아니면 날아갔는지, 또 어디에 착륙했는지를 우리에게 알려 줄까? 아니면 쓸려 날아갔던 비밀을 무덤까지 갖고 갈까?

구경꾼들은 마치 환풍기 앞의 건초더미처럼 뿔뿔이 흩어졌다. 보아하니 구경꾼들은 이제부터는 장난이 아니며, 또 몸이 물에 젖은들

이로울 게 없다는 걸 깨달은 것 같았다. 그 때문인지 잠시 후 물대포
는 더 이상 물줄기를 내뿜지 않았다. 경찰은 쫄딱 젖은 할아버지를
국민적 영웅의 다리에서 끌어내려 죄수호송차로 끌고 갔다.

　나는 유모차를 이르카의 손에 쥐어 주면서 우리 집에 도로 갖다 달
라고 부탁한 다음 경찰차를 향해 뛰었다.

　"나는 저분의 가족이에요."

　그들은 말없이 나를 뒷자리의 할아버지 옆으로 밀어 넣었다.

　"수갑 안 채웁니까?"

　할아버지가 물으며 두 손을 내밀었다. 하지만 아무도 할아버지를
주목하지 않았다. 그래서 우리는 좌석의 푹신한 쿠션에 몸을 파묻고,
질주하는 자동차의 속도감을 즐겼다. 그렇게 우리는 지금까지 한 번
도 누리지 못했던 호사를 누렸다.

＊

　우리의 인적사항을 확인할 때에도 재미있는 일이 있었다. 실은 우
리만 재미있었지, 경찰은 그렇지 않았다. "당신들 때문에 내 신분증
이 흠뻑 젖었어요." 할아버지가 기분 나쁜 표정으로 고함을 지르며
주머니에서 종이를 한 움큼 꺼냈다. 15년 전에 유효기간이 지난 신분
증이었다. 사진 속의 할아버지는 제복 차림이었다. 아마도 의용소방
대 제복인 듯했다. 사진에서는 풀을 빳빳하게 먹인 칼라 밖에 확인할

수가 없었다. 그 대신 할아버지의 얼굴은 훨씬 더 분명하게 알아볼 수 있었다. 새벽 5시, 이른 아침만큼이나 젊은 얼굴이었다. 나는 이 소형 예술 작품이 제작되었던 시기에 과연 내가 이 세상에 태어나기는 했을지 의심이 들었다.

그 반면에 내 신분증은 아주 새 것이었다. 아직도 인쇄용 검정 잉크 냄새가 나는 듯했다. 신분증의 표지는 빨간색으로 흠집 하나 없이 말끔했다. 안타깝게도 나는 도대체 그 신분증을 어디에 보관하고 있었는지 도무지 알 수가 없었다. 어쨌든 내 수중에 그것을 갖고 있지는 않았다.

조서를 다 작성하는 데는 꽤 시간이 걸렸다. 1799년으로 되어 있는 할아버지의 출생 기록 때문에 한 바탕 소동이 벌어졌다. 실은 할아버지의 친구 한 사람이 몇 푼 받고 할아버지의 신분증을 고쳐 주었다. 화폐 위조 혐의로 여러 번 옥살이를 한 적이 있는 사람이었다. 출생 기록이 워낙 완벽하게 위조되었기 때문에, 우리가 끝까지 우기자, 경찰은 조서에 그 날짜를 적어 넣었다.

우리는 밤 12시가 넘어서 집으로 돌아왔다. 할아버지는 순진하게도, 경찰이 우리를 차에 태워 데려갔으니 집에 갈 때도 데려다 줄 것이라고 기대했다. 하지만 할아버지가 여러 차례 밤이 늦었다는 눈치를 주었는데도 경찰은 꿈쩍도 하지 않았다. 결국 우리는 캄캄한 길을 걸어서 집으로 가는 수밖에 없었다.

"애들은 벌써 오래 전에 잠자리에 들었어야 할 시간이에요."

할아버지는 접수창구를 지키는 당직 경찰에게 한 번 더 하소연했다.

하지만 그것도 소용이 없었다.

"물론 공금으로 택시를 부를 수도 있어."

할아버지가 생각 끝에 입을 열었다.

"하지만 그랬다간 정말 찬란한 여름밤이 아까울 거야."

나도 할아버지와 같은 생각이었다. 그렇게 우리는 차가운 진눈깨비를 헤치며 밤길을 걸었다. 그러면서 올봄엔 이 진눈깨비가 마지막이기를 빌었다.

3

파란만장했던 사건들이 지난 뒤, 우리의 생활은 빠르게 다시 제자리로 돌아갔다. 다만 난 이르카만은 좀 멀리했다. 멀리서 봐도 그 아이가 이른바 그때 그 사건들을 영 못마땅하게 여긴다는 것을 짐작할 수 있기 때문이었다.

당연히 난 이르카에게 크게 화가 났지만, 조금은 서글픈 것도 사실이었다. 유모차를 우리 집에 갖다 놓고 난 뒤로, 이르카는 더는 방과 후에 날 집에 바래다주지 않았다. 심지어 나는 내가 먼저 손을 내밀어 그 아이를 기다리거나, 뒤쫓아 가서 도중에 따라잡아야 하는 건 아닌지 고민하기조차 했다. 하지만 난 스스로 어떤 위험도 감수하고 싶지 않았다. 나는 매일 수업이 시작되기 전에 이르카를 경멸하는 마음을 잔에 철철 넘치도록 부어 내 영혼 앞에 놓고, 마지막 수업이 끝나는 종이 울릴 때까지 한 숟가락씩 입에 떠 넣었다. 그렇게 해야만,

나는 마음을 굳게 먹고, 이르카가 우리 둘이 함께 걸을 수도 있었을 길을 혼자서 느릿느릿 걸어가는 모습을 지켜볼 수 있었다.

할아버지는 우리의 관계가 이 지경으로 쑥대밭이 된 것에 만족스러워하는 기색이 역력했다. 다만 아직도 법원의 소환장이 집에 도착하지 않는다며 화를 낼 뿐이었다. 할아버지는 난동 사건으로 자기가 법원에 소환될 것이라고 철석같이 믿고, 그 소식이 오기만을 손꼽아 기다렸다. 매일 저녁 할아버지는 초록색 셔츠 차림으로 식탁 위로 올라가, '죽어가는 백조', '무명용사의 기념비', '달콤한 젊음이여, 그대는 어디 있었는가.' 등의 표현을 사용하며 미리 최후 진술을 연습했다. 그런데 할아버지는 특히 생활비에 대해서 이루 말할 수 없이 인색하게 굴었다. 자신은 교도소에 갇힐 것이기 때문에 그에 대비해 나에게 돈을 남겨 주어야 한다는 것이 그 이유였다.

이제 우리 집 창문 앞에서는 겨울 장화의 발자국 소리가 서서히 사라지고, 높은 구두 뒷굽의 스타카토 소리가 들려왔다. 봄이 있는 힘을 다해 밀고 들어왔다. 마침내 나는 무릎까지 오는 낡은 군대용 양말을 벗고 짧은 양말을 신을 수 있었다.

몇 년에 걸쳐 꿰매 신은 내 양말은 어느덧 예술적인 수예품으로 바뀌어 있었다. 돈 많은 미국 사람이라면 내 발에서 양말을 홀렁 벗겨 내어, 오래 전에 소멸한 수공업 기술을 보여 주는 사례로서 그것을 민속박물관에 가져다줄지도 모른다. 그런데 나는 언제 돈 많은 미국 사람을 만날 수 있을까?

봄은 나의 살갗 밑으로도 기어들어와 이를테면 겨드랑이 같이 내 몸의 부드러운 곳에 둥지를 틀었다. 이따금 봄이 겨드랑이를 간질일 때면, 나는 아무 이유도 없이 갑작스럽게 웃음을 터뜨리지 않을 수 없었다. 그러다가도 내가 끝내 정신을 가다듬으면, 봄은 모욕을 느끼고 잠들어 버렸다. 봄, 이 귀여운 녀석, 그래 잠 좀 자렴. 난 널 맞을 준비를 하고 있을 테니…….

*

그 사이 봄은 쉼 없이 여름을 향해 갔다. 그럼에도 법원의 심리는 열릴 것 같기도, 열리지 않을 것 같기도 했다. 할아버지는 두세 차례 불려가 심문을 받았고, 그때마다 우연히 마주친 모든 사람에게 모욕감을 안겨 주었다. 그럼에도 꼬박 두 달이 지난 뒤에야, 마침내 법원의 소환장이 날아들었다.

나는 소환장 수령증에 서명을 했다. 내가 추측하건대 그것은 수십 가지 규정에 위반되는 행동으로, 결코 해서는 안 될 일이었다. 그런데도 우편집배원이 내게 소환장을 건넨 것은 할아버지와 부딪치지 않은 것을 크게 다행으로 여겼기 때문이다. 아무튼 나는 그 기쁜 소식을 전하기 위해 뚜껑을 열지 않은 봉투를 들고 할아버지를 찾아 나섰다.

나는 할아버지가 자기 구역이라고 부르는 프라하의 '구 지역'을 남김없이, 샅샅이 뒤졌다. 또 왜 그랬는지는 모르겠지만, 아득히 먼

시절에 꾼 꿈처럼 느껴지는 영화관과 카페도 훑었다. 나는 카페 앞에서 걸음을 멈추고 서서 대형 창문을 통해서 안을 들여다보았다. 마치 창문 너머로 생크림을 얹은 커피잔을 앞에 놓고 반듯하게 앉아 있는 내 모습이 보이는 것만 같았다. 이어서 고철수집상 몇 군데에 들러 도로 위에 세워 놓은 유모차들 사이에서 할아버지의 유모차를 찾아보았다. 마지막으로 나는 할아버지가 평소에 폐품 수집을 하기 위해 들르는 동네를 여기저기 돌아다녀 보았지만, 할아버지의 흔적을 찾을 수 없었다. 그래서 집으로 돌아가야겠다고 마음을 먹었다.

그러던 중에 나는 공원에서 뜬금없이 이르카와 부딪혔다. 우리는 잠시 서로를 바라보았다. 나는 마치 귀가 커지고, 얼굴이 빨개지는 느낌이 들었다. 내 어깨 밑에 사는 봄의 생쥐가 잠에서 깨어나, 겨드랑이를 간질이기 시작했다. 나는 처음에는 조금 킥킥대기만 하다가, 이어서 갓난아기가 시금치를 내뱉듯 푸하며 웃음을 터뜨렸고, 끝내 도망을 치기 시작했다. 멍청한 계집애! 나는 달아나는 발걸음의 리듬에 맞춰 가며, 내게 욕설을 퍼부었다.

내가 길모퉁이에서 신문을 팔고 있는 할아버지를 발견한 것은 마음의 안정을 되찾고 난 다음의 일이었다. 나는 급히 걸음을 멈추고 할아버지를 지켜보았다. 석간신문이 나오기에는 아직 이른 시간인데, 무슨 신문을 파는 거지? 할아버지의 신문은 날개 돋친 듯이 팔려나갔다. 무엇보다도 신문 값이 10헬러밖에 되지 않았다. 사람들은 할아버지의 손에 50헬러나 1크로네를 찔러주기도 했다. 걸어가며 신문을 펼치던 사람들은 잠시 후 어리둥절한 표정으로 걸음을 멈추고 서서,

석간신문이 아니라며 투덜거렸다. 나도 사람들 틈을 비집고 10헬러를 쥔 손을 내민 끝에 신문 한 부를 받아들었다. 제목이 "널리 세상으로 여행을 떠나자!"였다. 알고 보니, 그건 신문이 아니라 여행사의 홍보지였는데 뒷면에는 '무료 배포'라는 글자가 인쇄되어 있었다.

신문이 다 팔리고 인파가 흩어졌을 때, 할아버지가 나를 쳐다보았다. 정당하게 돈을 주고 샀다고 항의를 했지만 들은 체 만 체, 할아버지는 내 손에서 신문을 낚아채어 바로 옆에 있는 행인에게 팔았다. 할아버지는 두둑이 솟아오른 바지 주머니를 톡톡 두드리며 나를 향해 미소를 지었다.

"이건 지극히 정상적으로 번 돈이야. 사람들이 내 손에 돈을 억지로 쥐어 줬다니까."

난 가방에서 봉투를 꺼내서 할아버지 코앞에 내밀었다. 할아버지의 두 눈에서 승리의 불꽃이 타올랐다.

"드디어 왔구나."

할아버지는 환호성을 지르며 내 팔짱을 끼었다.

"이런 일이 있을 때는 당연히 잔치를 벌여야지."

할아버지와 나는 팔짱을 끼고 소시지 가게로 갔다. 지글지글 끓는 기름에서 증기가 구름처럼 피어오르는 모습이 인상적이었다. 증기는 우리를 둘러싸고 떨치기 힘든 유혹의 마수를 뻗쳤다. 우리는 유혹의 포로가 되어 지저분하기 짝이 없는 판매대에 기대어, 백 번도 넘게 사용되었고, 치명적인 발암물질들이 득실거리고 있을 것이 분명한 튀김기름을, 마치 마법에 홀리기라도 한 듯이 물끄러미 보았다.

할아버지가 스페인 대공과 같은 몸짓을 하며 소시지를 주문하더니, 믿어지지 않을 정도로 자연스럽게 빵 두 개를 추가했다. 소시지가 너무 뜨거워 단번에 입속에 우겨넣을 수 없었던 것은 다행이라 할 수 있었다. 우리는 지글지글 끓는 기름 때문에 덴 손가락을 핥고, 빵도 함께 조금씩 뜯어먹으며, 천천히 소시지를 맛보는 수밖에 없었다. 그러다 보니 빵과 소시지가 같은 속도로 줄어들었다. 우리는 접시를 말끔하게 비웠다. 워낙 깨끗하게 비워서 다음 손님에게 한 번 더 사용해도 좋을 듯했다. 누가 그걸 보고 이미 사용한 그릇이라고 생각할까 싶었다. 물론 우리 손가락에서는 밤늦게까지 냄새가 가시지 않을 것이었다. 배 속에 소시지가 들어가니 모든 것이 낙관적으로 보였고, 세상은 오로지 우리의 행복한 삶을 위해서 창조된 것만 같았다.

한 구역을 다 지나갔을 때에야, 나는 우리가 집으로 가고 있지 않다는 것을 알아차렸다. 할아버지의 설명에 따르면 어떤 전문가를 찾아가는 중이라고 했다.

"무슨 전문간데?"

나는 이상한 생각이 들었다.

"법률 위반 전문가야."

할아버지는 나를 옛날 학교 친구이자, 이제는 은퇴한 위폐범에게 데리고 갔다. 그는 이 세상의 유명한 감옥이란 감옥에서 다 옥살이를 해 보았다고 했다. 나는 놀라지 않을 수 없었다. 내 생전 처음으로 할아버지가 누군가에게 조언을 구하려고 했기 때문이다. 그런데 그보다 더 놀라운 것은 할아버지에게 동창생이 있었다는 사실이었다. 뭘 알고 싶으면 어떤 질문도 해서는 안 된다는 것을 나는 익히 잘 알고 있었다. 내가 묻지 않으면, 할아버지가 알아서 그 사람이 인생의 학교에서 만난 동창인지, 돈으로 연결된 친구인지에 대해 답을 해 줄 것이다. 그렇지 않아도 요사이 들어 나는 내 자신에 대해 뭐라도 좀 알고 싶었다. 도대체 나의 아버지와 어머니는 누구일까? 할아버지는 친할아버지일까, 외할아버지일까? 나의 부모님은 머리가 좋았을까, 혹시 바보였을까? 전에 우리는 어디서 살았을까? 그밖에도 알고 싶은 게 많았다. 할아버지의 학교 친구라면 좋은 시발점이 될 수도 있었다. 어쩌면 그가 지금까지 내 인생 그 자체였던 비밀의 실타래를 푸는 진정한 실마리가 될지도 모를 일이었다.

*

할아버지의 동창이라는 포우젝 노인의 출입문은 그림으로 빼곡히 장식이 되어 있었고, 출입문 손잡이의 색칠도 다채로웠다. 출입문에는 서로 다른 다양한 물체들과 함께 거대한 활엽수가 그려져 있었고, 그 꼭대기에는 새와 고양이, 개와 아이들이 무리지어 매달려 있었다. 또 거리를 두고 보면 포우젝 노인을 닮은 한 남자도 있었다. 모두들 있는 힘을 다해서 혀를 밖으로 내밀고 있었다. 나무의 뿌리가 있는 곳에도 새와 고양이와 개들이, 그리고 거리를 두고 보면 포우젝 노인을 닮은 한 남자가 그려져 있었다. 그들은 모두 물구나무를 서고 있었다. 그들이 내민 혀는 모두 중력을 거스르는 방향을 향하고 있었다.

그림은 포우젝 노인의 거실에도 많았다. 그의 두 눈은 붉고, 두 손은 눈에 띌 정도로 떨렸다. 정말 쉬지 않고 떨렸다. 그가 손으로 찻잔 속의 설탕을 저을 때는 마치 교회 종소리가 나는 듯했다. 손가락에 연필을 끼고 손을 종이 위에 올려놓을 때에만, 그 떨림이 멈추었다. 언제 떨렸느냐는 듯, 노인의 손은 명령에 고분고분 따르며 구체적이고 명확한 선으로 그가 요구하는 모든 물체를 그려냈다.

이번에는 포우젝 노인이 자기 손에 대고 프라하 성을 그리라는 명령을 내렸다. 그러자 종이 위로 일거에 성이 그 형체를 드러냈고, 성너머에서는 태양이 솟아올랐다.

"직업에서 얻은 경험이야."

내가 입을 멍하게 벌리고 있는 것을 보더니, 포우젝 노인이 말했다.

"프라하 성은 고액권 지폐에는 빠짐없이 등장하거든. 우표에도 나오고."

그러더니 그는 창문으로 달려가 밖을 향해 소리를 질렀다.

"페피, 들어와. 손님 왔잖아!"

그는 창문을 반쯤 열어두었다. 페피가 창문 안으로 들어올 모습을 상상하니 나는 저절로 웃음이 나왔다.

정말로 내가 상상하던 일이 일어났다. 페피가 부리로 창문짝을 옆으로 밀어젖히더니, 구구거리며 조심스럽게 방으로 걸어 들어왔다.

녀석은 내가 여태까지 본 중에 가장 위풍당당한 수비둘기였다. 앞으로도 페피와 같은 수비둘기를 보지는 못할 것 같았다. 녀석이 어찌나 경멸의 눈빛으로 우리를 쳐다보던지, 나는 아예 말문이 막히고 말았다. 녀석은 지저분한 비닐봉지 조각 위에 변을 한 덩어리 떨어뜨리고 나서 포우젝 노인의 품에 가서 앉았다. 페피는 머리를 거의 360도 가까이 돌리면서도 우리를 관찰하는 시선을 거두지 않았다. 마침내 수비둘기는 눈을 감았다. 보아하니 잠이 든 것 같았다. 포우젝 노인의 두 손은 페피가 깔고 앉아 있는 동안에도 무척이나 심하게 떨렸다. 그렇다면 녀석은 지금 거센 바람에 흔들리는 커다란 나무에 앉아 있는 꿈을 꾸고 있을지도 모를 일이었다.

나는 신문을 읽으며 아무 말도 듣지 않는 척 했다. 그러나 사실 나의 온몸은 온통 귀가 되어 있었다. 다시 말하면 호기심으로 벌겋게 달아오른 거대한 귀가 되어 있었다. 할아버지는 힘겹게 싸워서 얻어낸 법원소환장을 포우젝 노인에게 내밀었고, 그걸 본 노인은 감상에 빠졌다.

"이보게, 자네 번지수를 잘못 찾아도 한참 잘못 찾았네 그려."

그가 한숨을 내쉬며 말했다.

"이젠 아무도 나에게 관심이 없어."

"괜한 소리."

할아버지가 대꾸했다.

"자네가 나와 함께 난동을 부리면 저들은 당장 자네를 잡아 가둘 걸세."

"자네 그거 무슨 소린인가?"

할아버지의 동창이 말했다.

"왜 내가 난동을 부리고 감옥에 갇혀야 한단 말인가? 번듯한 직업이 있는 내가 말이야? 이보게, 난 내 분야에서는 전문가야. 나야말로 밤에 길거리에 나가 사방에 대고 소리를 지를 필요가 없는 사람이야."

"그 분야에서는 나만큼 전문가도 없지."

할아버지는 만만하게 물러서지 않았다.

"그거면 형을 얼마나 받을 것 같은가?"

"오스트리아 헝가리 제국이었으면, 구류 14일을 받았을 거야. 어쩌면 3주를 받았을지도 모르고. 제1공화국(제1공화국은 1918년 제1차 세계 대전 종전 이후, 그해 10월에 오스트리아−헝가리제국에서 독립하여 체코슬로바키아에 수립된 공화국이다)에서는 고작해야 벌금형을 받았을 거야. 지불능력이 없을 때는 구류 10일을 받았을 테고."

"지금은 얼마나 받을 것 같은가?"

포우젝 노인은 어깨를 움찔했다.

"그냥 멍청한 노인네 행세를 하게."

그가 말했다.

"아마 자네 같은 영감은 그냥 내보내 줄 거야."

"난 감옥에 가려고 하는 거야."

할아버지가 벌컥 화를 내며 말했다.

"적어도 유죄판결을 받던가. 생각해 보게. 내가 죄가 될 만한 일을 저지르지 않고 죽는다면 어떻게 되겠나."

"그럼 저 아이는 어떻게 하고?"

포우젝 노인이 계속 곁눈질로 나를 노려보면서 말했다. 나는 마치 무언가에 홀린 사람처럼 신문을 읽고 있었다.

"저 아이는 잘 견뎌낼 걸세. 우리 피를 물려받은 아이니까."

"혼차의 후손인가? 아니면 프란타의 후손인가?"

포우젝 노인이 궁금해 하며 물었다. 마치 내가 노인의 입에 그 질문을 올려놓은 것 같았다.

"혼차."

바로 그 순간 망할 놈의 비둘기가 잠에서 깨어났다. 녀석은 날개를 활짝 펴고, 식탁으로 날아가, 빵부스러기를 향해 돌진하더니 게걸스럽게 쪼아댔다. 그런 다음 물잔 여러 개를 살펴보고 나서 정확히 포우젝 노인의 잔에 있는 물을 마셨다. 그 때문에 두 노인의 대화는 제대로 시작도 되기 전에 끊어지고 말았다.

*

그 뒤 우리는 말없이 안마당의 발코니를 지나서 계단 쪽으로 걸었다. 나는 곰곰이 생각해 보았다. 이제 나로서는, 적어도 할아버지에게는 이름하여 혼차와 프란타라는 두 아들이 있었고, 나의 아버지는 혼차였다는 것 정도는 추정할 수 있게 되었다. 나는 그 다음에 대해서는 더 이상 생각하지 않았다. 기억을 더듬어 보니, 할아버지가 나의 출생에 대해서 이야기를 해 줄 때마다 그 내용이 늘 달랐다. 연꽃에서 솟아났다는 이야기에서 시작해서, 교회 정문에 버려진 아기였다는 이야기를 넘어, 영국여왕의 혼외 자손이었다는 이야기에 이르기까지 매번 내용이 달랐다. 그렇다면 할아버지에게는 절대 아들이 있었을 리가 없다. 아니면 자식들이 원래 딸이었던지.

"이봐, 손녀딸."

할아버지가 나를 바라보며 입을 열었다.

"우린 우리야. 우리는 조상에게 아무런 책임이 없어. 그와 마찬가지로 후손에게도 책임이 없고. 그런데 왜 그렇게 골치를 앓는 거니? 우리 모두에게는 어머니만 한 분 있을 뿐이야. 대지가 바로 그분이지. 우리가 어찌 되든 그분은 전혀 상관하지 않아. 그러니 그렇게 골치 썩일 거 없어."

여기까지 할아버지의 이야기는 부분적으로만 사실이었다. 왜냐하면 이르카가 나의 출생에 대해 물어보면, 어떤 판본으로 대답을 해주어야 좋을지 나로서는 여전히 모호했기 때문이다. 아무튼 이르카는 틀림없이 나의 출생에 대해 물어볼 것이다.

"너 아니? 난 그 멍청한 영감이 감옥살이 했다는 걸 믿지 않아."

할아버지가 갑자기 불만스런 목소리로 말했다.

"그 정도 충고라면 나도 할 수가 있거든."

표정을 보니, 할아버지의 마음이 약해지는 기색이 완연했다. 그래서 나는 전혀 아무렇지도 않은 듯이 물었다.

"우리가 함께 산 지도 벌써 오래되었었지?"

할아버지가 고개를 끄덕이며 곰곰이 생각에 잠겼다.

"네가 태어나면서부터였어. 그때부터 내가 널 돌봤어. 네가 젖병의 우유를 다 마시고 나면, 난 네가 트림하기를 기다렸어. 그런데 그때마다 네가 내 목에 우유를 토하는 거야. 몇 년이 지나도 내 몸에서 신 우유냄새가 가시지 않을 정도였으니까."

그 순간 이 이야기야말로 내 인생에 대한 새로운 판본이 아니라 진실이며, 할아버지에게 계속 질문을 던지는 것은 의미가 없다는 확신이 번개처럼 나를 사로잡았다. 그와 같이 진실이 드러나는 순간들은 드문 법이다. 그러므로 절대 서둘러서는 안 된다.

*

법원에 소환될 날이 가까워질수록 할아버지는 더 신바람이 나는 것 같았다. 할아버지는 나에게 재판이 열리기 전에 하루 동안은 학교에 가지 말라고 명령했다. (재판이 끝나기 전이라고 할 수도 있다. 그런 재판은 2시간 이상 걸리지 않기 때문이다.)

"우린 소풍을 갈 거야."

할아버지가 신이 나서 소리쳤다.

"감옥 출입문이 닫히기 전에, 마지막으로 야외에 나가 내 눈으로 녹음을 실컷 즐겨야지."

그 소풍을 위해 할아버지는 나들이옷을 멋들어지게 차려 입었다. 내 말은 할아버지가 노출이 심하고 화려한 야회복을 꺼내 입었다는 것이다. 낡은 줄무늬 티셔츠였다. 그것은 내게 특별한 감동을 주지 않았다. 그보다 날 감동시킨 것은 할아버지가 슬리퍼를 벗어 두고, 신음소리를 내며 샌들의 끈을 조이는 모습이었다.

할아버지는 구멍이 여러 개 뚫린 작은 모자를 썼다. 아무래도 그 구멍들은 발길질로 생긴 것 같았다. 그리고 할아버지는 선글라스를 걸쳤다. 알에 살짝 금이 간 선글라스였다. 그런데 할아버지가 특수접 착제로 금을 때우고 난 뒤부터, 그 선글라스를 쓰고 세상을 보면 마치 만화경 속을 들여다보는 것 같았다. 물론 그런 선글라스를 쓰고도 할아버지가 사물을 혼동하는 법은 결코 없었다. 선글라스를 썼을 때 눈앞에 보이는 두 개의 전철 가운데, 오른쪽의 것이 진짜 전철이고, 왼쪽의 것은 유리에 비친 상에 지나지 않는다는 사실을 할아버지는 늘 알고 있었다.

나는 평소처럼 옷을 입었다. 할아버지는 부채를 챙기라고 했지만, 난 그 말을 듣는 둥 마는 둥 했다.

"더울 거다."

할아버지는 나를 설득하려고 했지만, 난 한 귀로 듣고 한 귀로 흘렸다.

우리는 이번에도 각자 알아서 전철을 타고 가기로 했다. 그 편이 표를 끊고 타는 것보다 비용이 훨씬 적게 들기 때문이었다. 할아버지는 늘 그렇듯이, 엄숙하고 신중한 목소리로 우리의 행동에 대해 설명했다.

"일반적으로 말하자면, 사람은 남을 속여서는 안 돼. 하지만 난 속인 것이 아니라, 주의를 기울이지 못한 것뿐이야."

종점에서 할아버지는 내 팔짱을 끼고 걸었다. 그리고 우리는 뙤약볕 아래 덜 익은 사과가 주렁주렁 열린 사과나무 즐비한 시골길을 걷기 시작했다.

"사과들이 덜 익은 게 아냐."

나는 할아버지에게 주의를 환기시켰다.

"사과나무에 아직도 꽃이 활짝 피어 있는 거지."

"이런 경우에는 사과가 익지 않았다고 하는 거야."

할아버지는 주장을 굽히지 않았고, 나는 할아버지의 말이 옳다는 것을 깨달았다. 이윽고 우리는 이정표 옆에서 걸음을 멈추고 지나가는 자동차를 얻어 타고 가기로 하였다.

처음에는 금방이라도 차를 얻어 탈 수 있을 것 같았다. 언덕 위에서 자동차들이 줄지어 우리를 향해 굴러오는 모습을 바라볼 때에는 그랬다. 그런데 번쩍거리는 그 괴물들은 멈출 기미를 보이지 않았다. 자동차들은 햇빛을 받아 번쩍거렸고, 멀리서 볼 때는 마치 귀여운 돼지저금통이 바퀴 위에 얹혀 있는 것처럼 보였다. 하지만 가까이 다가올수록, 그것들은 미라 두 개를 싣고 요란한 소리를 내며 달리는 관으로 모습이 변했다.

한 쌍의 남녀가 어슬렁어슬렁 우리 곁을 지나갔다. 자동차를 얻어 타고 여행을 하려는 사람들이었다. 할아버지는 그들에게 거수경례를

했다. 청년과 아가씨 둘 다 귀여운 외모였고, 연인 사이로 보였다. 나는 질투보다는 오히려 아쉬운 마음으로 뒤에서 그들을 바라보았다. 그들이 속한 세계는 결코 나를 받아 주지 않을 것이었다. 내 생전에 청바지 차림으로 이정표 옆에서 그렇게 멋진 자세를 취하고 있다가 바람에 곱슬머리가 헝클어질 일은 결코 없을 테니까. 이유는 그밖에도 더 있었다. ……바로 그때였다. 이걸 어쩌면 좋아! 세상 물정 모르는 딱정벌레 한 마리가 거리의 자동차들 사이로 기어가는 모습이 보였다. 바퀴에 깔리기라도 하면 녀석은 어김없이 으스러져 버릴 운명이었다. 불안감이 나를 엄습했다. 나는 녀석을 구하기 위해 아스팔트 도로로 돌진했다. 그렇게 해서 나는 자동차를 세우는 데 성공할 수 있었다. 어쩌면 그런 일은 이번이 내 인생에서 처음이자 마지막일 것이다.

자동차에는 질서도 몸소 자리하고 있었다. 번쩍거리지 않은 것이 없었고, 그것만 봐도 청결 상태가 최상임을 알 수 있었다. 그래서 할아버지는 차에 오르는 즉시 쾅 소리가 날 정도로 세게 문을 닫았다. 그 소리에 부부는 소스라치게 놀랐다. 남편은 운전대에 앉아 있었는데, 그 순간에는 마치 서 있는 사람처럼 보였다. 그의 아내는 아내대로 검지에 침을 발라 계기판에서 먼지를 닦아냈다. 할아버지는 큰 소리로 헛기침을 하기 시작했다. 아내의 얼굴이 아주 창백해졌을 때, 남편이 자동차의 창문을 내리더니 밖에 대고 가래침을 뱉었다. 이어서 침묵이 흘렀고, 그 침묵을 깨기 위해서 할아버지가 크게 탄식을 토해 냈다.

"아, 세상에 이런 일이 있다니!"

귀부인이 침으로 계기판을 문지르다가 멈추고 대화의 문을 열었다.

"오보리스테[3]까지 가시나요?"

"아니요. 우리는 그 전에 도브리스[4]에서 내릴 거예요. 거기에 손자 녀석이 있어서요. 아직 미성년자인데, 살인을 저질렀거든요."

할아버지는 느긋하게 좌석의 등받이에 몸을 기댔고, 여자는 흥분에 몸을 떨었다.

"설마 농담이시겠지요."

그녀는 곧바로 이야기의 꼬리를 물고 들었다. 아무래도 할아버지가 입을 열지 않을까 봐 조바심이 나는 것 같았다. 하지만 그런 염려쯤은 붙들어 매도 좋았을 것이다. 할아버지는 결코 자진해서 그런 이야기를 중간에 그만 둘 위인이 아니었다.

"재판부가 그 아이에게 유죄판결을 내리면, 내 말이 사실이 되겠지요."

"그렇다면 그 아이는 누구를…… 그러니까 내 말은……?"

"여기, 이 어린 츠데나의 아빠와 엄마를 살해했어요."

할아버지가 나를 가리키며 대답했다. 나는 그 즉시 두 손으로 머리를 감싸고 큰 소리로 흐느끼며 정말로 우는 시늉을 했다.

"더 이상 그 이야기는 입에 올리고 싶지 않군요."

할아버지가 말했다.

●●●

3) 프라하에서 남서쪽으로 약 60킬로미터 떨어진 마을.
4) 프라하에서 남서쪽으로 약 50킬로미터 떨어진 작은 도시.

"오죽하겠어요. 저도 그 마음이 이해가 돼요."

여자가 마지못해 할아버지의 말에 동의를 표했다.

"이 어린 츠데나도 그 아이가 살인을 저지를 때 도왔답니다."

할아버지가 이야기를 계속했다.

"하지만 제발 그 이야기는 당신만 알고 계세요. 그 사실을 아는 사람은 아무도 없으니까요."

"안 돼요. 그 남자애 혼자 벌을 받는 건 옳지 않아요."

여자가 이의를 제기했다.

"두 분!"

할아버지가 앞좌석에 앉은 사람들을 향해 몸을 구부리며 말했다.

"이 아이는 그때 임신 중이었어요. 그렇게 되면 감옥에서 아이를 낳을지도 몰라요. 내 말 아시겠어요?"

부인은 침만 삼켰고, 나는 흐느낌을 멈추고 당돌한 표정을 지었다.

"츠데나가 누구 아이를 임신했는지 아세요?"

할아버지가 목소리를 높였다.

"어떤 작가의 아이에요!"

"누구 아이인데요?"

운전대를 잡은 남편이 처음으로 입을 열었다.

"그 인간 이름이 바로 괴테랍니다."

할아버지가 무슨 선서라도 하듯 격앙된 목소리로 말했다.

바로 그 순간 자동차가 끼익 소리를 내며 멈췄다. 그리고 우리는 어느덧 차에서 내려, 들판을 가로질러 숲을 향해 달렸다. 자동차가

시야에서 사라지고 시간이 꽤 지났는데도, 차 주인이 우리 뒤를 향해 잭이나 예비 타이어 등과 같은 자잘한 물건들을 연신 내던지고 있는 것 같은 기분은 사라지지 않았다.

"모르긴 해도, 그 친구 적어도 실업계 고등학교 독일어 교사쯤일 거야."

마침내 할아버지가 전나무 밑에 사지를 쭉 펴고 드러누워서는 입을 열었다.

"그렇지 않다면 그토록 흥분할 이유가 없어. 요즈음엔 정말 누구나 다 차를 굴리고 다닌다니까. 입 열기가 불안할 정도야."

*

우리는 전나무 가지 사이로 흘러가는 하늘을 바라보았다. 어디선가 여우나 늑대, 아니면 다른 어떤 동물이 바스락거리는 소리가 들렸다. 용감한 개미군단의 선발대들은 내 장딴지를 긁어댔다.

"자연보다 위대한 것은 없어."

만물박사가 선언했다. 우리는 다시 자리에서 일어나, 잡목 숲을 헤치고 나아가서, 숲 건너편 가장자리에 도착했다. 거기서 우리는 작년에 추수를 마치고 남겨 놓은 짚가리 하나를 발견했다. 우리는 숨을 헐떡이고 내몰아쉬며 그 위로 기어 올라갔다.

"이거 몸이 온통 지푸라기 투성이잖아."

할아버지가 투덜대며 손으로 티셔츠 속을 더듬었다. 마침내 할아버지는 평정을 되찾았고, 우리는 등을 기대고 앉아 주변을 바라보았다.

"저것이 보헤미아의 풍경이야."

할아버지가 털이 수북한 가슴에서 연신 지푸라기를 떼어내며 말했다.

"그림처럼 아름답고, 여자처럼 둥그스름하지."

할아버지는 나를 바라보면서 눈을 찡긋했다.

"넌 오히려 덴마크 같아. 평평한 벌판이야."

나는 그 풍경을, 그 아름다운 여인을 감상하고 있었다. 할아버지가 재촉하듯 내 기분을 물었다.

"끝내줘."

나는 진지하게 생각한 끝에 이렇게 대답했다.

"그 기분을 기억에도 간직할 거냐?"

할아버지가 물었다. 겉으로 보기엔 매우 진지한 표정이었다.

나는 고개를 끄덕였다. 물론이야. 할아버지, 난 이 기분을 기억에 간직할 거야. 난 우리가 함께 겪은 일 가운데 어느 것도 잊지 않을 거야. 절대 잊지 않을 거야. 난 곰곰이 생각에 잠겼다.

"네가 그래 주길 바란다."

만물박사는 이렇게 말하더니 나를 밀어 짚가리 밑으로 떨어뜨렸다. 나는 공중제비를 넘었다. 내 주위로 먼지구름이 자욱이 피어올랐고, 지푸라기가 코를 찔렀다. 세상이 온통 지푸라기 천지인 듯했다. 나는 숨이 막혀 거의 죽을 것만 같았다. 마침내 나는 쿵 소리를 내며 땅에 떨어졌다. 어찌나 세게 떨어졌던지, 내 몸에서 공기가 다 빠져나가는 것 같았다. 다시 정신을 차리고 눈을 뜨고 나서 나는 짚가리 위에 있는 할아버지를 쳐다보았다. 할아버지는 골똘히 생각에 잠긴 표정으로 풍경을 관찰하고 있었다.

"이게 무슨 짓이야!"

난 짚가리 위에 있는 할아버지에게 소리를 질렀다.

"정신을 잃고 다 까먹었잖아."

하지만 할아버지 귀에는 내 말이 들리지 않았다. 할아버지의 생각은 온통 재판에 쏠려 있었다. 사실은 하루 종일 그랬다. 돌아오는 길에도 할아버지는 쉬지 않고 열변을 토하며 미리 최후 진술을 연습했다.

그건 그렇고, 집을 향해 도보로 행진을 시작하고 나서야, 우리는 자동차를 얻어 타고 꽤 먼 거리를 왔다는 사실을 깨달았다. 아주 먼 길을 걸어야 했던 탓에 우리는 가까스로 재판 시작 시간에 맞춰 도착했다.

걸어오는 동안 나는 무척 피곤했다. 내 신문 구독자들은 신문 없이 오늘 하루를 지낼 수밖에 없을 것이다. 하지만 내 마음은 금세 진정이 되었다. 세계 대전이 발발하면, 사람들은 어떻게든 그 소식을 알게 될 것이기 때문이다. 오늘날에는 아무도 그런 소식을 혼자 간직할 수 없다.

*

　우리가 법정에 들어서자 안에 있던 사람들 모두 나지막이 탄성을 질렀다. 할아버지와 나는 할아버지 대 공공질서 간의 소송 사건에 대한 재판이 벌어질 법정의 장식이 너무나 소박한 것에 실망을 금할 수 없었다. 재판장과 배석판사, (소동의 목격자인) 경찰관들은, 공공질서 대 할아버지 간의 소송 사건을 앞에 둔 우리의 옷차림이 너무나 볼품없는 것에 실망을 금하지 못했다. 우리는 눈으로 보기에도 갓 시골에서 올라온 사람 같았고, 몸에서도 그런 냄새가 났다. 게다가 할아버지는 두 손으로 티셔츠 속을 더듬어 가며 연신 지푸라기를 떼어 냈다.

　이윽고 우리는 생전 처음으로 서로 떨어진 곳에 앉게 되었다. 할아버지는 피고인석에 앉았고, 나는 방청객으로 온 포우젝, 브라다취, 흐보이카 노인 옆에 앉았다. 판사가 광장에서 벌어진 위법행위에 대한 진실을 기록한, 그리고 진실 이외에는 아무것도 기록하지 않은 공소장을 낭독했다. 우리는 할아버지가 대중을 자극하여 선동하고, 공공의 안정을 어지럽혔으며, 이를 진압하는 데 모두 합해서 40명 이상의 공무원, 경찰 수송차량 6대, 물대포가 필요했고, 시간은 2시간 30분이 걸렸으며, 진압 대원들은 커다란 인내심을 발휘했어야만 했다는 사실을 알게 되었다.

　나는 그곳에 앉아서 국외자의 눈으로 할아버지를 바라보려고 노력했다. 턱에 흰 수염이 짧게 나있고, 오래되어 낡고 누더기가 된 티셔츠를 걸치고, 얼굴과 목에 깊은 주름이 파이고, 원래는 자기보다 키가 작은 사람이 입었어야 할 바지를 입은 탓에 복사뼈 위로 시퍼런 정맥의 그물이 보이는, 한 지저분한 노인이 내 눈에 들어왔다. 하지만 이 노인은 풀이 죽은 모습으로 그곳에 앉아 있지 않았다. 증인이 동상 주위의 군중부터 해산시키고, 이어서 영웅의 등자를 붙들고 늘어지는 할아버지를 동상 밑으로 끌어내린 과정에 대해 설명하는 중에도, 노인의 작은 두 눈은 웃고 있었다. 그리고 노인의 그런 눈을 바라보는 증인의 얼굴에는 당황스러워하는 표정이 역력했다. 나는 내가 이 세상에서 누군가를 닮아야 한다면, 제발 이 노인을 닮으면 좋겠다고 생각했다.

"증인의 증언에 대해 의견을 말씀하시겠습니까?"

판사가 물었다. 우리 방청객들은 귀를 기울였다.

"실례하겠습니다. 나는 동상 위로 기어오르지 않았다고 주장하지 않겠습니다. 하지만 그런 행위를 금지한 법률이 있으면 내게 보여 주십시오. 오히려 여기서 문제는 내가 사람들에게 모범이 될 만한 훌륭한 운동 능력을 보여 주었다는 데 있습니다. 더 높이, 더 빨리, 더 멀리, 다 함께 기록을 향하여!"

"소란을 피우면서 무슨 쓸데없는 소리를 했다면서요?"

한 배석판사가 으르렁거렸다. 그의 얼굴은 지나치게 크게 빚어 놓은 나체 동자상을 닮아 보였다. 할아버지는 전혀 기억이 나지 않는다는 표정을 지었다.

"당신이 사람들에게 왜 이 세상에 태어났느냐고 물었나요?"

"하지만 아무도 그걸 모른다면 내가 뭘 할 수 있겠습니까? 예를 들어서 판사님은 왜 이 세상에 태어났나요?"

"질문은 재판부가 하는 거지, 피고가 하는 것이 아니에요!"

아까 그 배석판사가 소리를 질렀다. 하지만 30대로 보이는 제법 잘생긴 재판장이 그를 저지했다. 아무래도 그는 어린 시절에 아버지가 (아니면 그의 아버지는 의붓아버지였을까?) 자기를 세탁실에 가두었을 때, 겁에 질린 나머지 거기 있는 배수구를 이용하면 된다는 것을 생각하지도 못하고 바지에 오줌을 지린 것에 대해 열등감을 지녔을지도 모른다. 그리고 자기보다 나이가 많은 사람들의 가르침을 통해서 그 열등감을 보상받고 있는지도 모른다.

"피고가 편안하게 질문하게 놔두세요. 바넥 씨, 인생의 의미는 인간이 가치를 전해 주는 데 있어요. 그런데 당신은 사회에 어떤 가치를 전해 주고 있나요?"

할아버지는 그렇다고 대답했다. 정확히 말하면, 자기는 월요일에서 금요일까지는 아침 8시에서 12시까지, 그리고 수요일에는 오후에도 그 일을 하고 있다고 했다.

판사가 친절하게 말을 이었다.

"바넥 씨, 내 인생의 의미는…… 안정과 질서를 지키는 데 있어요. 당신의 안정과 질서뿐만 아니라, 나의 안정과 질서를."

"나의 안정과 질서라!"

할아버지가 경멸하는 투로 소리를 질렀다.

"누가 동상으로 기어 올라가서 연설을 하면, 그것이 언젠가는 나에게 피해를 끼칠 것이라는 얘기군요. 지금 내게 그걸 좀 설명해 주시지요."

그런데 문득 오늘은 자신의 열등감을 충분히 보상받았다는 느낌이 들었기 때문인지 판사는 곧바로 공세로 전환했다.

"당신은 공소장에 있는 대로 자신이 죄를 지었다고 느낍니까?"

바로 그때 마지막 지푸라기를 떼어 냈기 때문에 할아버지는 마음이 아주 편안해졌다.

"그렇다고 대답하면 내게 도움이 되나요?"

"우리하고 협상하려 들지 마세요. 죄가 있다고 느낍니까, 아닙니까?"

"그것은 판결에 달려 있어요."

모두를 어처구니가 없어서 할아버지를 바라보았다. 판사는 심리를 위해 재판부가 퇴정하겠다는 이야기를 남기고 배석판사들과 함께 사라졌다.

할아버지는 우리 쪽으로 와서 앉자마자, 포우젝 노인의 서류가방을 향해 손을 뻗었다. 그 안에는 빵 반 덩어리가 들어 있었다. 가방 주인의 항의는 아랑곳하지도 않고, 할아버지는 예수 그리스도가 그랬던 것처럼 빵을 쪼개서 나누어 주었다. 한쪽은 자기가 갖고, 다른 한쪽은 나에게 주었다.

"저들은 내게 형을 얼마나 선고할까? 고작해야 35년 정도겠지. 그렇게 되면 나로서는 최소한 스페인어 공부를 마칠 수 있고, 통신 수업을 듣고 국가시험을 볼 수 있어. 그 다음에는 남미 코스타리카로

가는 거야. 거기서는 유럽인으로서 품위 있는 대접을 받겠지."

그러면서 할아버지는 갓 구운 빵을 꾸역꾸역 입에 밀어 넣었다. 나는 불길한 예감이 들어서, 할아버지에게 우리가 복권을 사는 게 아니었나 보다고 말했다.

"너, 그게 무슨 소리야! 난 지금 법정에 서 있어. 고로 살아 있고."

나는 혼잣말로 나지막이 중얼대며, 어쨌든 정상적인 생활을 하지 못하는 것은 우리에게 치욕이라고 했다. 그러자 할아버지가 화를 냈다. 할아버지는 내 머리에 빵을 내던지며 소리를 질렀다. 내가 멍청하게 쓸데없는 소리를 지껄인 탓에 이제는 자기가 사형선고를 내려 달라고 부탁하게 생겼다는 말이었다. 내가 빵을 집어 들자 할아버지는 다시 내 손에서 그것을 빼앗아갔다. 그때 브라다취 노인이 그만의 특유한 박자 감각을 가지고 끼어들었다.

"구리는 어디 있소?"

할아버지는 거들떠보지도 않았지만, 브라다취 노인은 자기가 그 구리를 고철수집상에 팔아서 절반은, 아니 3분의 1은 여기 이 아가씨에게, 다시 말하면 나에게 주겠노라고 침을 튀기며 설명했다.

"당신이 감옥에 가면, 이 아이는 무엇으로 먹고 살지요? 생계보조금으로요?"

"애는 고아연금을 받을 거요."

"고아연금은 죽기에는 너무 큰돈이지만 먹고 살기에는 너무 작은 돈이에요."

"아동 매춘을 하면, 그것 말고도 돈을 조금 더 벌 수 있을 거요.

애, 그렇지 않니?"

할아버지가 내 뺨을 톡톡 치며 말했다.

"이 아이가요?"

브라다취 노인이 까무러치게 놀라며 소리쳤다.

"이 아이를 한번 살펴보세요!"

바로 그 순간, 재판부가 돌아와 우리의 토론은 그 절정에서 중단되고 말았다. 다시 피고인석으로 가기 전에 할아버지는 우리에게 방청객의 눈물이 법원 건물의 계단을 타고 급류처럼 흘러내릴 것이니, 자신의 최후 진술을 기다려 보라고 속삭였다.

"자네들 건장한 사내가 울부짖는 거 본 적 있나? 기다려 봐. 사회주의 감옥에 갇힌 학대받은 연금생활자를!"

마침내 우리는 자리에서 일어나 판사의 선고를 들었다.

"국민의 이름으로. 재판부는 협의 끝에, 피고 얀 바넥이 공소장에 명기한 대로, 법률 X, Y, Z조(아마도 판사는 다른 법률 조항을 언급했을지도 모른다. 아무튼 난 그가 뭐라고 말했는지 듣자마자 잊어먹었다.)에 따라 유죄라고 판단한다. 자세히 설명하면, 피고는 역사적으로뿐만 아니라 예술적으로도 가치가 있는 동상에 올라감으로써, 또한 1953년판 철학사전을 인용함으로써 공분을 불러일으켰다.

피고인이 술에 취한 상태였다는 점은 판결에 불리하게 작용했지만, 오늘날까지 이번 사건 이외에는 전과가 없었다는 점은 유리하게 작용하였다.

이러한 제반사항을 고려한 끝에, 공소장에 비추어 이론의 여지가

없는 유죄임에도 재판부는 피고인을 방면하고, 얀 바넥에게는 최우
선적으로 양로원 입주권을, 야나 반코바에게는 고등학교 기숙사 입
주권을 주선한다는 조건 하에 본 사건을 해당 지방행정당국의 사회
복지위원회에 이관하기로 결정하였다."

　　상황이 내게는 불리해졌다. 우리는 사태가 이렇게 전개될 것으로
예상하지 못했다. 할아버지는 판사를 향해 덤벼들 태세였다.

　　"난 감옥에 들어갈 거야!"

　　할아버지는 부르짖었다.

　　"감옥생활은 몇 년이면 되지만, 양로원은 한번 들어가면 평생 살
아야 한단 말이야!"

4

....

　학교를 마치고 집에 돌아왔을 때, 나는 처음에 그곳이 정말 우리 집이 맞는지 어리둥절했다. 물론 내가 그곳이 우리 집이라는 것을 몰랐을 리 없다. 요컨대 내가 그렇게 말한 것은 우리 집에서 난데없는 일이 벌어지고 있다는 것을 문학적으로 에둘러 표현하려고 했기 때문이다. 먼저 집안이 대청소가 되어 있는 것이 내 눈에 띄었다. 또 할아버지는 집안을 청소할 때 나온 지저분한 것들을 평소처럼 그냥 찬장 밑에 넣어 두지 않고, 쓰레받기에 담아서 찬장 밑에 넣어 두었다. 할아버지의 설명에 따르면, 쓰레기통에 버릴 기회가 없어 그것들을 그렇게 두었을 뿐이라고 했다. 둘째로 우리 집의 공간이 완전히 새롭게 배치되어 있었다. 처음에는 사태의 전모가 온전히 이해되지 않았다. 하지만 곧 머리에 떠오르는 것이 있었다. 사회복지위원회가 우리 집을 방문해 우리의 형편을 검증하기로 되어 있었던 것이다.

나는 침대에 벌렁 드러누웠다. 약간 의아한 기분에 젖어, 두 눈으로 다른 사람들이 내다버렸지만 우리 집에서는 근사하게 사용되는 물건들을 훑어보았다. 할아버지는 겉으로는 나를 거들떠보지도 않는 체하며 총검을 들고 용도조차 불분명한 나무토막을 깎고 있었다. 그러나 사실 할아버지는 초조하게 나의 반응을 기다리는 중이었다. 물론 할아버지는 내가 긍정적인 반응을 보여 주기를 기대했다.

"먹을 거 뭐 있어?"

내가 물었다.

"잘한다, 잘해! 너 이러는 거 보면 사회복지사가 좋아서 어쩔 줄 모를 거다. 넌 꼭 기숙사에 들어가게 될 거야. 내가 보증해."

"암튼 나 배고파."

"빵 있잖아."

이렇게 말해 놓고, 빵이 없다는 사실을 금세 깨달은 할아버지는 서둘러 한 마디 덧붙였다.

"아니면 다른 것을 먹든지."

'뭘 먹으라고?'

나는 할아버지에게 눈빛으로 물었다. 그러자 할아버지는 짜증을 부리며 화를 냈다.

"내가 널 정말 잘못 키웠구나! 젠장. 빵이 없으면 장난을 먹든지."

나는 "반가워요, 시저!"라고 말하고 싶었지만, 할아버지는 내게 입을 열 기회를 주지 않았다. 그 순간 뇌리에 문학적인 영감이 떠올랐던 모양이었다.

"그래, 고대 로마, 난 정말 거기서 살고 싶었어! 지난 세기만 해도 사정이 그토록 나빠진 않았어. 노이로제도 없었고. 사람들의 손도 땀에 절지 않았지. 집집마다 거지들을 대접할 쇠 접시가 있었고. 지그문트 프로이트는 이제 겨우 등장할 준비를 하고 있었지. 그 대신 노동자계급은 이미 형성되어 있었어. (그거야 별로 나쁠 건 없지.) 하지만 참된 정신적인 분위기는 부족했어. 내 말 이해하겠니? 넌 기독교도들을 사자들의 먹이로 던져 주는 그 엄청난 장관을 상상할 수 있겠니?"

"할아버지는 기독교도들을 사자의 먹이로 던져 주면 좋겠어?"

"그게 어때서? 뭐 내가 기독교도니?"

오늘은 집에 먹을 게 없는 것이 틀림없었다. 어쩌면 할아버지는 마지막 결정을 내려, 탁발승이 되기로 했는지도 모른다. 나는 다시 침대에 드러누워 화려한 우리 방을 훑어보았다.

"그런데 저건 뭐야?"

국기들이 화려하게 번쩍이는 받침대에 꽂혀 찬장 위에 일렬로 진열되어 있었다.

"우리 적국의 국기들이야. 어떤 대사관에서 나온 물건을 정리하다가 얻었어."

창문 아래쪽 벽의 정중앙에는 다양한 문자와 기호들이 적혀 있는 안과의 시력검사표가 걸려 있었다. 다른 무엇보다도 굵고 우스운 모양의 E자가 등을 대고 눕거나 이런저런 모습으로 누워 있는 모습이 눈에 띄었다. 나는 할아버지가 안과 의사들이 버린 물건들도 정리했을 거라고 짐작했다.

출입문에는 원폭 공격이 이루어졌을 때 지켜야 할 행동 수칙이 적힌 종이가 걸려 있었다. 나는 한동안 그것이 누가 우리나라를 공격했을 때 따라야 할 수칙인지, 아니면 우리가 직접 다른 나라를 공격했을 때 따라야 할 수칙인지 곰곰이 생각해 보다가 더 이상 생각하지 않기로 했다. 구덩이를 파고, 방독면을 쓴 다음에, 어디서 흰 천을 구해 몸을 감싸고, 폭탄이 터진 방향으로 드러눕는단 말인가? 아, 그러고 보니, 우리에게는 예의가 깍듯한 정부가 있었다. 사람들은 우리 정부가 아무도 공격하지 않기를 바랐다. 아니면 사전에 정부가 우리에게 침대보를 나누어 주든가.

할아버지는 계속 나무를 깎으면서 여전히 내게서 눈을 떼지 않았다.

"여기에 배 속에 있는 아기의 성장도표만 더 있으면 될 거야. 사회복지사들은 그런 것에 엄청 마음이 끌리거든. 하지만 난 벌써 그들을 감쪽같이 속일 계략을 꾸미는 중이야."

나는 할아버지가 무슨 말을 말을 하는지 차츰 이해가 되었다. 아무리 그래봐야 결과는 좋지 않을 것이다. 할아버지는 경솔하고 어리석은 몽상가였다. 나는 한번뿐인 내 청춘을 기숙사에서 보내고 싶지 않았다.

"할아버지, 한 번만이라도 좀 진지하게 이야기할 수 없어?"

"네 목소리들하고 이야기하지 그래. 그것들 보니까 꽤나 잘난 체하던데. 아니면 네 애인하고 이야기하든가."

"그 앤 애인이 아니야."

"내가 귀 먹고 눈 먼 아둔한 늙은이긴 해도, 그것도 모를 정도로 눈치가 없진 않아. 너 그 애 생각하느라 몸이 달아올랐잖아."

"할아버지 일이나 신경 써. 걸핏하면 몸이 달아오르는 사람은 오히려 할아버지 아니야? 그전에 수화물 보관소에서 흥분해서 정신을 못 차리다가 화물수령증을 잃어버린 사람이 누군데, 난 아직도 그걸 생생히 기억하거든. 할아버지는 양로원에 들어갈 거잖아. 거기 가면 질서를 지켜야 할 일이 무척 많은데, 그런 상태로 어떻게 갑자기 그걸 감당할 거야?"

"우리는 누구나 죽음을 면치 못해."

"그럼 난 어떡하고?"

나는 대놓고 소리 내어 울기 시작했다.

할아버지는 어벙하게 생긴 나무토막을 깎던 손길을 멈추고, 망연자실한 표정으로 나를 보았다.

"미안하다. 죽음처럼 복잡한 문제는 내가 해결할 테니, 삶과 같이 간단한 문제는 네가 해결해라. 꼭 그러길 바란다."

나는 베개에 얼굴을 묻고 가슴이 찢어져라 흐느껴 울었다. 그렇게 울어본 것도 오랜만이었다.

*

아마도 내가 울다가 잠이 든 모양이었다. 잠에서 깨었을 때, 가장 먼저 갓 구운 빵의 큼직한 끄트머리가 내 베개 위에 놓여 있는 것이 눈에 들어왔다. 그리고 할아버지가 말뚝에 몸이 뚫린 상태로 창가에 서 있는 것이 보였다. 나는 그때야 할아버지가 그동안 무엇을 깎고 있었는지 이해가 되었다. 할아버지는 그 말뚝을 뾰족하게 깎고 있었던 것이다.

할아버지는 쉿 하는 손짓과 함께, 보일락 말락 하는 고갯짓으로 나에게 찬장 뒤로 기어가라는 신호를 보냈다. 나는 빵을 낚아챈 다음 내 은신처로 몸을 숨겼다. 몇 초 뒤에 누가 조심스럽게 우리 집 출입문을 두드리는 소리가 들렸다.

우리는 미동도 하지 않았다. 그러자 문을 두드리는 소리가 점점 더 거세졌다. 마침내 문이 활짝 열렸다. 사회복지위원회 소속의 두 뚱뚱한 수다쟁이가 집으로 들어왔다. 그들은 상상도 하지 못했겠지만 그들이 벌이는 사회사업에서는 멀리서도 고약한 냄새가 풍겼다.

"국장이 노인을 우리 아버지처럼 대하라고 그러던데."

한 여자가 침묵을 깨고 말하며 조심스럽게 자리에 앉았다. 다른 여자는 시간을 들여 의자부터 닦고 난 뒤에 모서리에 엉덩이를 걸쳤다.

"너희 아버지는 어디 있는데?"

"우리 아버지도 양로원에 있어. 정치적 의무 때문이기도 하지만, 그것 말고도 아버지를 집에 모실 수 없는 사정이 있거든. 너 지난 번 선거 때, 우리 아버지가 날 얼마나 난처하게 한 줄 아니? 선거관리위원회 사람들이 우리 집에 와서 이러는 거야. '동지, 우리는 동지의 다리가 불편하다는 걸 알고 있어요. 그래서 투표함을 아예 들고 왔어요.'

그 소릴 듣더니, 우리 아버지가 펄펄 뛰면서, 그럴 필요 없다고 그러는 거야. 그러잖아도 자기는 이제 교회에 갈 참이었다고 하면서, 그 다음에 투표소에 들리겠다고 고집을 부리더라니까."

고문용 말뚝에 매달려 있던 할아버지가 심기가 불편해지기 시작했는지 조금씩 몸을 움직이다가, 마침내 한숨을 뱉었다. 그때야 두 여자는 할아버지의 존재를 알아차렸다.

"살인이야!"

두 여자가 한 목소리로 비명을 질렀다. 할아버지가 그렇게 놀랄 거 없다는 손짓을 하면서 말뚝을 타고 내려왔다.

"쓸데없는 소리. 이건 내가 매일 하는 요가에요."

두 여자는 몸이 뻣뻣이 굳어 버렸다. 그 모습이 마치 뱀 앞에 놓인 두 마리 토끼 같았다.

나는 안도의 한숨을 내쉬었다. 이번 만남에서는 할아버지가 기선을 제압한 것이 분명했다.

"자, 작은 빨간모자 아가씨들. 뭘 원하십니까?"

"우리는 지방자치단체 사회복지위원회 소속 사회복지사예요."

두 번째 여자가 결연한 표정으로 말했다.

"두 분은 시력이 좋습니까?"

할아버지가 느닷없이 물었다. 두 여자는 바보처럼 얌전하게 고개를 끄덕였다. 할아버지는 지시봉을 들고 창문 밑에 걸린 시력검사표를 가리켰다. 두 여자는 번갈아가며 글자를 읽었으나, 끝에서 두 번째 줄에서 걸리고 말았다.

"네, 좋습니다. 두 분께서는 집에 가십시오. 사회복지위원회에 가서 다른 사회복지사를 보내라고 하세요. 되도록 근시가 아닌 사람들로요."

바로 그 순간 전혀 예상하지 못한 일이 벌어졌다. 누가 다시 우리 집 출입문을 두드리더니, 이르카가 들어온 것이다.

나는 할아버지조차 놀랐을 거라고 생각했다. 이르카라면 할아버지가 꾸민 일을 식은 죽 먹듯 뒤죽박죽으로 만들 수 있었기 때문이다. 그래서 할아버지는 황급히 우리 집에서 쓰는 커다란 골동품 다리미를 집어 들고 말했다.

"얘, 잠시 자리에 앉아라. 곧바로 열전기 치료를 시작할 테니."

"할아버지는 의사인가요?"

첫 번째 여자가 어느 정도 정신을 차리고 나서 황당한 표정으로 물었다.

"기적을 일으킨 의사인 셈이죠. 우리 업계에서 가장 중요한 우두머리의 흉측한 무사마귀 세 개를 제거해 준 것 말고도, 8명에게 무도병(손 발 따위가 제 마음대로 움직여 마치 춤을 추는 듯한 모습이 되는 신경병)을 말끔히 치료해 주고, 세 사람에게서 귀신을 쫓아 주고, 여기서 멀리 떨어진 곳에 있는 정부를 무너뜨렸으니까요."

"맙소사!"

두 번째 여자가 혼자 속삭였다.

"하지만 두 분만 알고 계세요. 그리고 무슨 일이 있으면 제게 들르세요. 여성의 암은 외래진료로 손쉽게 치료할 수 있거든요. 초기

증상이 나타나자마자 곧바로 제게 들러야 해요."

"초기 증상이라는 게 뭔데요?"

두 여자가 함께 물었다.

"두 분의 장기가 내 몸에 들어 있나요?"

할아버지가 어깨를 으쓱하며 물었다.

*

두 운명의 여신이 떠나고 나니 집안에는 침묵이 번졌다. 나는 찬장 뒤의 내 은신처에서 기어 나와 재빠르게 식탁에서 빵을 하나 낚아챘다. 하지만 할아버지가 곧바로 내 손을 내리치는 바람에 빵을 놓치고 말았다. 나는 기분이 상해 침대에 앉았다.

요즈음 들어 나는 여러 번 이르카가 우리 집에 모습을 드러낼 거라는 예감이 들었다. 그 아이가 수업 시간에, 흔히 고전적인 문학작품에서 의미심장한 눈빛이라고 말하는 그런 눈빛으로 계속 날 바라보았기 때문이다. 할아버지의 재판이 끝난 뒤에 이르카는 간식으로 싸온 샌드위치를 내게 먹으라고 주면서 자기를 만나줄 수 있겠느냐고 물었다. 그런 일이 두 번이나 있었다. 나는 빵을 받아먹기는 했지만 약속 장소에는 나가지 않았다. 샌드위치 좀 먹었다고 해서 내 자존심에 상처를 입히기는 싫었기 때문이었다. 그러면서 내 자신에게 그 아이가 우리 집에 찾아오지 않고 얼마나 오래 버티는지 시험해 보아야 한다고 다짐했다. 세상에 어쩜 내가 그렇게 여우같은 짓을 할 수 있다니! 황홀한 느낌이 물밀듯이 밀려들었다. 운명이 나에게 더는 그런 여우 같은 짓을 할 호사를 허락하지 않을 것 같아 더 그 느낌이 짜릿했다.

이르카는 할아버지를 쳐다보지 않았고 할아버지도 그 아이를 바라보지 않았지만, 마치 분위기는 두 사람이 미움으로 가득한 시선으로 서로를 쳐다보는 것 같았다. 나는 두 남자 사이에 서 있었다. 내 남자들은 나의 기쁨이었다. 한 사람은 등에 약 이백 살의 나이를 지고 있었고, 게다가 나의 할아버지였다. 그래서 어쩌란 말인가? 그리고 다른 한 남자는 어느 오후 동안 잠시 사랑했다가 이제는 꽤나 복잡한 여러 가지 감정을 가지고 바라보게 된 사람이었다. (그 감정은 약간의 호감에서 시작해서, 무관심을 넘어, 지독한 경멸에 이르기까지 다양했다. 영화를 보고 카페에 들렀던 그날의 감정은 결코 다시 되살아나지 않았다.)

"그 문제에 대해서는 처음부터 끝까지 더 꼼꼼하게 생각해 보는 게 좋을 것 같아요."

이르카가 말했다.

"그전에 내가 자네를 불러 물어볼 거야. 어련하겠는가. 그러니 안심하게."

드디어 내가 나설 때가 되었다. "분리하여, 다스리라." 할아버지는 내게 이렇게 가르쳤다.

"이르카 말이 맞아, 할아버지."

내가 조용하게 말했다.

그러자 사랑하는 나의 할아버지가 자제력을 잃었다.

　"이르카 말이 맞아, 이르카 말이 맞아, 이르카 말이 맞아. 이 미련 곰탱이 같은 계집애 같으니!"

　할아버지는 치미는 분노를 주체하지 못하고 전혀 딴 사람이 되어 내 말을 우스꽝스럽게 흉내 냈다.

　"할아버지에게는 잘못을 막아 주는 무슨 면죄부라도 있다고 생각하세요?"

　이르카가 말을 이었다.

　"그럼, 있고말고. 내겐 그런 게 있지."

　할아버지가 승리를 확신하며 으르렁댔다.

　"왜냐하면 나는 바넥-부(父)와 바넥-자(子)와 바넥-신(神)(기독교의 삼위일체인 성부, 성자, 성신(또는 성령)에 빗댄 표현)이 하나가 된 몸이거든. 난 삼위일체로서 결점이 없는 사람이야."

　나는 미소를 짓지 않을 수 없었다.

　"양로원에서 할아버지에게 밥까지 3인분씩 주는지 한번 봐야겠네."

　"영화관에 가지 않을래?"

　이르카가 할아버지에게 완전히 등을 돌리더니 갑자기 내게 물었다. 약삭빠르게도 이르카는 자기 말이 나에게 먹힌다는 것을 알고 있었다. 난 노인을 쳐다보았다. 하지만 노인은 무심한 표정만 지을 뿐이었다. 좋아, 할아버지가 정 그렇게 관심 없는 척 한다면 난 영화관에 갈 거야. 난 숙녀처럼 사랑스런 미소를 짓고, 치마에 손을 닦고, 손가락으로 머리를 손질하면서, 집을 떠날 준비를 했다. 나는 아주 느릿느릿 현관문을 향해 걸음을 옮겼다. 할아버지가 나를 바라본다면, 할아버지가 내게 단 한 마디만 했다면, 나는 이르카를 문 앞에 세워 놓고 집에 머물렀을 것이다. 하지만 할아버지는 슬리퍼를 손질하는 데 열중하고 있었다. 그러니 나로서는 나의 감정을 보살피는 것 외에 다른 할 일이 없었다. 다만 한 가지는 분명했다. 그 순간 진정한 기쁨을 느꼈을 사람은 우리 가운데 아무도 없었다.

마침내 나와 이르카는 영화관에서 키스를 나누었다. 그런데 뭔가가 빠져 있었다. 미리 데이트 약속을 하고 나서 느끼는 긴장감, 수년 동안 키스를 기다리며 설레는 마음, 미지의 것이 주는 비밀스러움, 경험해 보지 못한 것에 대한 불안감 같은 것이 거기엔 없었다. 이 모든 것이 송두리째 증발해 버리고 없었다. 가쁜 숨소리만 조금 남아 있었다. 때로는 상대의 귀를, 때로는 목을, 때로는 이마를 찾아다니고, 때로는 서로 부딪히기까지 했던 입술 한 쌍도 남아 있었다. 키스가 마음에 들지 않았다고 말하진 않겠다. 그리고 엄청난 흥분을 느낀 것도 사실이었다. 특히 키스를 하느라 영화를 하나도 보지 못한 것이 못내 아쉬웠다.

*

나는 밤에 잠이 오지 않았다. 이렇게 잠이 들지 못하기는 내 생전 처음이었다. 나는 끝없이 밀려드는 그 시간을 즐기며 할아버지 문제를 곰곰이 생각해 보았다. 할아버지는 오늘도 어김없이 심하게 코를 골고 있었다. 일이 잘못되어, 할아버지는 양로원으로 가고 나는 기숙사로 가게 되면 이제 어떡하지? 나는 할아버지가 양로원에서 단체복 차림으로, 그러니까 낮에는 천으로 된 바지 차림으로, 밤에는 바짓가랑이가 긴 파자마 차림으로 지내는 모습을 상상해 보려고 노력했다. 더 나아가 다른 백발노인들이 복도와 악취 나는 식당에서 발을 질질 끌고 다니며 한숨을 내쉬는 모습과 양로원의 정지된 시간을 상상해 보았다. 그 시간의 끝에는 죽음이 기다리고 있을 것이다. 사람들은 할아버지에게 양로원의 일과를 지키라고 강요할 것이다. 그들은 할아버지를 다 허물어가는 집에 가두고, 할아버지 몸에서 수많은 질병을 찾아낼 것이다. 그리고 할아버지는 치료를 받으며 그들 손에서 죽어갈 것이다. 나는 눈에서 분노의 눈물이 흘러내렸다. 젠장, 그런데 왜 이 노인네는 아무런 대책도 세우지 않는 거야? 왜 버티지 않는 거야? 세상은 할아버지의 어리석은 행동에는 관심이 없다. 사람들은 할아버지가 반듯하게 주장하고 진지하게 행동하리라 기대한다. 할아버지는 그걸 알아야 한다. 만일 그렇지 않으면, 할아버지는 완전히 끝장이 나고 말 것이다. 물론 나도 끝장이 날 것이다. 내 자신에게 굳이 그것을 속일 까닭이 없지 않은가.

새벽이 되고, 벌써 동이 트기 시작했다. 내 목소리들이 날아들었다. 나는 그것들에게도 화나 났다.

"너희들은 필요할 때는 나타나지도 않고 아예 입마저 다물어 버리더라. 아니면 누구하고 얘기라도 한 거니?"

"배하고 얘기했어."

첫 번째 목소리가 조용하게 대답했다.

"누구 배하고?"

나는 궁금했다.

"우리 주인님 배하고. 그런데 이제는 더 이상 질문하지 마."

두 번째 목소리가 훈계하듯 말했다.

"그리고 너…… 흠…… 혹시 충고를 듣고 싶거든, 우리 말 좀 들어 봐. 우리는 벌써 의견을 하나로 모았어. 우린 네가 결혼을 해야 한다고 생각해."

지금까지도 내 목소리들은 나에게 온갖 쓸데없는 충고를 해 주었다. 그래도 이렇게 말도 안 되는 소리를 한 적은 한 번도 없었다.

"네가 가진 젊음의 매력에 홀린 돈 많은 나이든 남자와 결혼하는 거야."

첫 번째 목소리가 살을 붙였다.

그러더니 내 목소리들은 결혼식에 대해서 설명하기 시작했다. 나는 온통 하얀 차림에 부드러운 면사포로 얼굴을 가리고 등장할 것이다. 내 젊은 가슴에는 난초 한 송이가 꽂혀 있을 것이다. 긴장한 가운데서도 신랑은 결혼에 찬성한다고 남자답고 단호하게 대답하겠지만, 난 빨개진 얼굴로 수줍게 속삭일 것이다.

그런데 그 다음에는? 내 목소리들은 결혼식에 대해 계속 설명해 보라는 나의 요구를 거절했다. 그것들은 꽃을 장식하거나 피리를 분다든지 하는 문제에 대해서는 의견을 드러냈지만, 이야기가 정작 사안의 본질로 접어들자 얌전을 부리며 꿀 먹은 벙어리가 되었다. 하지만 나는 이번만큼은 물렁하게 물러서지 않았다. 나는 시청 호적과에 들르는 데서 시작해서, 어디 내놔도 뒤지지 않은, 그야말로 근사한 결혼식 피로연을 베푸는 문제를 넘어, 어스름한 호텔방에 대해 이야기를 해 보라며 그것들을 호되게 다그쳤다. 내 목소리들은 나에게 그만 하자고 하소연하였지만 나는 어떻게 할 것인지 설명을 계속하라고 요구했다.

마침내 정말 황당한 일이 벌어졌다. 알고 보니, 내 목소리들은 인간의 해부학에 대해서는 눈곱만치도 아는 것이 없었다. 그것들은 인간의 육체는 본래 가죽부대에 건초를 꾹꾹 눌러 담은 것처럼 속이 완전히 꽉 채워져 있고, 거기에 두 다리를 철사로 고정시켜 놓았기 때문에 사람이 그것들을 움직일 수 있다고 믿고 있었다.

내가 큰 소리로 웃자, 내 목소리들은 모욕감을 느꼈다. 할아버지가 잠에서 깬 것을 보니 내 웃음소리가 크긴 컸던 모양이었다.

"재수 없는 것들 같으니, 썩 꺼지지 못할까!"

할아버지가 호통을 치자, 내 목소리들은 마음에 깊은 상처를 입고 창밖으로 날아가 버렸다.

빅벤이 울리자, 할아버지가 침대 밖으로 기어 나왔다.

"내 고문용 말뚝 어디 있니? 오늘 우편집배원이 올 텐데."

"또 말뚝에 찔린 것처럼 해서 허공에 매달리려고? 그거 지겹지 않아?"

할아버지는 집안을 뒤져 고무호스 뭉치를 찾아내더니, 시험 삼아 그것을 마치 자기 배 속에서 흘러내린 창자처럼 펼쳐 보았다. 할아버지는 고개를 저었다.

"공무원이 됐든 누가 됐든 간에, 속물들은 그런 대접을 받아도 싸."

알코올버너의 파란 불꽃이 새벽의 어스름을 밀어내며 퍼져갔다. 나는 짧은 치마를 입었다. 할아버지는 해마처럼 구시렁거렸다. 모든 것이 변함없이 한 모습인 것 같았지만, 겉으로만 그렇게 보였을 뿐이었다. 나는 분노에 사로잡혔다. 왜 사물과 사람과 시간은 항상 과거의 모습에 머물지 못하는 것일까? 왜 이것, 아니면 저것, 아니면 또 다른 것으로라도 늘 변해야 하는 걸까?

만물박사가 입을 열었다.

"변하는 건 아무것도 없어. 너만 그렇게 생각할 따름이야. 기차에 있는데 갑자기 네가 탄 기차가 움직이는 것 같아서 보면, 사실은 네가 탄 기차가 움직이는 것이 아니라 옆에 있는 기차가 움직일 때가 있거든. 지금 네 상황이 그것과 똑같아. 착시현상을 느끼는 거야."

나는 아무 대꾸도 하지 않았지만, 할아버지의 말이 틀렸다는 것은 알고 있었다. 이를테면 나만 해도 올 초봄의 그날 아침 이후로 얼마나 많이 변했는가! 난 끔찍이도 무서웠다. 가여운 내 작은 영혼은 물에 젖은 생쥐처럼 내 안에 웅크리고 있었다. 난 사람들이 내게서 할아버지를 끌어가는 것을 속수무책으로 지켜보고만 있었다. 그런데 할아버지는 아무런 저항도 하지 않았다. 저항을 해도 겉으로만 하는 척 할 따름이었다. 할아버지는 원래 비겁하다. 자기밖에는 생각할 줄을 몰랐다.

나는 두 사회복지사가 우리를 찾아왔던 일은 전초전에 지나지 않는다는 사실을 훤히 알고 있었다. 최후의 결전이 임박해 있었다. 곧 무자비한 전투가 시작될 것이었다. 결국은 청소년보호국장이 몸소 우리 집을 찾아올 것이다. 할아버지는 나름대로 대응을 한다고 하겠지만, 결과적으로 그것은 늘 우리에게 치욕과 부담만을 잔뜩 안겨 줄 것이다. 할아버지에게 더 좋은 비책 같은 건 없었다. 나는 조금씩 무관심해져 갈 것이다. 죽는 것이 최선의 방법일 수도 있을 것이다. 하지만 어떻게?

*

주택가로 가는 길에 나는 간선도로를 세 번이나 건너야 했다. 신문을 실은 무거운 유모차를 끌고 무사히 길을 건너려면 그때마다 꽤나 힘이 들었다. 하지만 오늘은 길을 뛰어서 건너지 않을 작정이었다. 그리고 내 장례식을 포함한 모든 비용을 할아버지에게 떠넘길 셈이었다.

나는 신문을 가득 실은 유모차를 앞에서 끌었다. 손잡이가 내 몸을 뒤로 잡아당기는 바람에 내 장례식에 대해 생각해 보려던 계획이 엉클어졌다. 아무튼 모든 사람들이 내 생각을 하며 흐느낄 것이다.

나는 할아버지의 무지갯빛 눈물이 덥수룩한 흰 수염에 걸려 있는 모습을 상상해 보았다. 아무리 수염이 가로막아도 결국 그 눈물은 부드러운 대지 위로 떨어질 것이다. 그리고 화환들은? 또 비석은? 나는 쓰레기장에서 건진 비석이 아니라, 내 자신의 비석을 갖고 싶었다. 그리고 내 관 뚜껑 위로 첫 삽질한 흙이 뿌려질 것이다. 여기서 내 장례식에 대한 아름다운 상상은 끝났다. 나머지는 상상할 가치조차 없었다. 왜냐하면 사람들은 모두 집으로 돌아갈 것이고, 나는 흙 속에 묻힌 채 혼자 남을 것이기 때문이었다.

느닷없이 내 주위에서 세상이 폭발하며 강력한 폭음이 들려왔다. 그게 무슨 소리인지 제대로 알아차리기도 전에 어떤 것이 뒤에서 나를 움켜쥐었다. 거역할 수 없는 힘 같은 것이 내 몸을 어디론가 휘몰아갔다. 뭐랄까, 저항할 수 없는, 남자의 완력 같은 힘이었다. 그러더니 그 힘은 나를 땅바닥에 내동댕이쳤다. 북과 팀파니 소리가 요란하게 울렸다. 그리고 텅 빈 세상에서 작은 종소리가 들려왔다.

목격자가 전하는 말에 따르면, 내 몸이 어떤 자동차의 뿔에 받혀서 허공으로 붕 떠오르더니, 자동차 지붕을 타고 떼굴떼굴 굴렀다고 한다. 그리고 지붕 끝까지 굴러가서는 속절없이 자동차 밑으로 떨어졌다고 한다. 장엄한 리듬에 맞춰 크게 울렸던 음악은 어쩌면 장송행진곡이었을 것이다. 소중했던 나의 신문 유모차는 그 행진곡 소리에 맞춰 숨을 거두었다. 나의 유모차가 망가지고 잠시 눈발이 날린 것 말고는, 그러니까 일간 신문들이 잠시 하늘로 떠올랐다가 땅으로 돌아온 것 말고는 아무 일도 일어나지 않았다.

손해를 만회하려면 사고 현장에서부터 신문을 팔기 시작해야 할 것 같았다. 그것이 맨 처음 떠오른 생각이었다. 하지만 곧 생각을 접기로 했다. 내가 보기에는 일단 싸움터를 떠나는 것이 훨씬 더 품위 있는 행동이었다. 이런 생각에 조금 서글퍼졌다. 일이 이렇게 되고 보니, 앞으로는 신문을 할아버지의 천덕꾸러기 유모차에 싣고 다니는 수밖에 다른 도리가 없었다. 그것이 한때는 내 유모차였고, 지금은 더 튼튼한 스프링을 달았다고는 하나 눈엣가시인 것은 어쩔 수 없었다. 그 아수라장 속에서 나는 조심스럽게 땅바닥에서 몸을 일으켜, 누가 사고에 책임이 있는지를 놓고 입방아를 찧고 있는 사람들을 헤치고 나와 집으로 돌아왔다. 가벼운 발걸음으로 걸었다고 말하지는 않겠다. 하지만 한 걸음 한 걸음 옮기다 보면 종내는 어딘가에 도착하게 되는 법이다. 퍽이나 재수 좋은 아침이라는 생각이 들었다.

할아버지는 빵과 차 한 잔을 내 앞에 내밀고 나서 골똘히 생각에 잠긴 채 연신 감자를 세고 있었다. 나는 다친 무릎과 엉덩이를 주물렀다. 그러면서도 내가 다 똑같은 옷을 입고, 다 똑같은 머리 모양을 한 여자아이들과 함께 고아원(거기가 아니면, 사람들이 날 어디로 보내겠는가?)의 공동 침실에 있는 모습을 떠올려 보려고 애썼다. 그러다 보니 만일 여자아이들이 다 나처럼 자기 목소리들을 갖고 있다면, 아침마다 고아원이 꽤나 번잡할 것이라는 생각이 들었다. 그건 그렇고, 내가 고아이긴 한 건가?

"혼차라는 분은 언제 죽었어?"

저번에 포우젝 노인의 집에서 오고갔던 대화를 떠올리며 내가 물었다.

"혼차가 누군데?"

할아버지가 감자 껍질로 섬세한 무늬를 만들며 되물었다.

"누군 누구야. 내 아버지지."

할아버지는 여전히 태연자약했다.

"어떤 아버지? 진짜 아버지를 말하는 거냐? 아니면 법적으로 친권자를 말하는 거냐? 그것도 아니면 우리가 설문지에 이름을 써넣었던 사람을 말하는 거냐? 그 이름은 내가 설문지에 써넣으려고 그냥 생각해 냈던 거라 아무 의미가 없어."

"내가 말하는 건 진짜 아버지야."

"거 참. 난 그 사람에 대해 아무것도 몰라. 하긴 유명한 장군이라는 이야기를 들은 것 같기는 한데. 아니 그게 아니던가? 하지만 차라리 조사하지 않는 게 나을 거야. 그 사람이 어느 유명한 역사적인 전투에서 패배했는데, 그게 이 세상의 모든 역사책에 다 나와 있다는 느낌이 들어서 그래."

"할아버지. 부탁인데, 제발 그러지 좀 마! 내겐 할아버지 말고 아무도 없어. 우리가 헤어지면 내겐 과거도 없어져. 그 때문에 내가 얼마나 슬퍼하는지 안 보여?"

할아버지가 감자 껍질을 깎던 손을 멈추고 말했다.

"네가 슬픈 건, 멍청한 송아지이기 때문이야. 송아지들은 눈이 슬프거든. 네가 바라는 게 뭐야? 내가 네가 어느 성이나 임시 막사에서 태어났다고 설명해야 하겠니? 네 어머니가 바이올린의 대가 아니면

거리의 여자이거나, 간호사였고, 네 아버지는 밀고자 아니면 굴뚝청
소부거나, 남십자성 아래에서 일하던 선원이었다고 설명해야 하겠
니?"

나는 내가 뭘 원하는지 정확히 알 수가 없었다. 하지만 나는 내가
아주 작긴 하지만 나를 붙들어 줄 무언가, 아주 조금이라도 불확실한
나의 미래를 안정시켜 줄 무언가를 원한다는 것은 알고 있었다. 나는
할아버지 말에 부아가 치밀었다. 할아버지가 나에게 그런 안정감을
주려고 하지 않았기 때문이다. 할아버지는 인생에 대해 늘 즉흥연설
을 늘어놓는다. 도대체 그 목적이 무엇일까? 수업료를 안 받고도 인
생 수업을 해 주려는 걸까?

*

빅벤이 따르릉하고 울렸다. 하루가 다시 시작된다는 신호였다. 나
는 지금 시작되는 하루는 세 시간 전에 먼저 시작된 하루보다 더 나
아지기를 바랐다.

"오늘은 빨래하는 날인데."

할아버지가 의미심장하게 한 마디 던졌다. 아예 대놓고, 내가 이번
에도 속옷 때문에 난처해하기를 기다리는 눈치였다. 하지만 나는 할아
버지의 기대를 보기 좋게 허물어뜨렸다. 신경 쓰지 말고 내 브래지어
빨래해도 돼. 있잖아, 할아버지. 난 내숭떠는 건 바보 같은 짓이라고

생각해. 나는 미소를 지으며 현관을 향해 조용히 발걸음을 옮겼다. 걱정 마. 할아버지의 고집이 날 할아버지를 빼다 박은 아이로 키운 거니까. 그것이 할아버지에게 기쁨을 안겨 줄지 아닐지, 스스로 생각해 봐.

분노가 나에게 날개를 달아 주었는지, 학교로 향하는 나의 발걸음은 정말 날아갈 듯 가벼웠다. 교실 앞 복도에서 나는 이르카를 향해 미소를 지었다. 그 아이의 얼굴이 빨개졌다. 오케이. 이르카로 하여금 나를 집에 바래다주도록 하고 싶었는데 뜻대로 된 셈이다. 기다려 할아버지. 내가 본때를 보여 줄 테니까. 이젠 내 차례야.

집으로 돌아올 때, 이르카는 정말로 내 길동무가 되어 주었다. (하긴 내가 그렇게 유혹하듯 미소를 보냈는데, 그 아이가 어떻게 그걸 거절할 수 있었겠는가?) 나는 나 나름대로 그 아이 옆에서 앞뒤가 맞지 않는 감정들에 휩쓸려 몹시 흔들리고 있었다. 첫째, 나는 이르카를 할아버지와 할아버지의 무관심에 대항하는 무기로 써먹을 생각이었다. 둘째, 나는 그 아이와 제대로 된 사랑에 빠지지 못할까 봐 걱정이었다. 만일 사랑에 빠지지 못하면, 유명한 소설들에 나오는 진정한 사랑은 내게서 영원히 사라져 버릴 것이다. 그렇게 되면 나는 이빨 빠진 할머니가 되었을 때, 어느 얼빠지고 긴장된 오후와 맨살이 드러나 얼음처럼 차가웠던 무릎에 대한 희미한 기억만을 지니게 될 것이다. 셋째, 나는 어떻게든 이르카의 자존심에 상처를 주고 그 아이를 제압하고 싶은 충동에 시달렸다. 왜 그런지는 알 수 없었다. 하지만 난 이르카가 어리석은 짓을 저지르고, 내게 순응하고 자신의 인격을 포기하고 나의 그림자가 되도록 만들고 싶었다. 그 아이가 옷을 잘 차려 입고 배부른 사람들 편이라서 복수를 하고 싶은 걸까? 나도 모를 일이었다. 하지만 난 복수를 할 것이었다. 맙소사, 그런 걸 보면 나야말로 야비하기 짝이 없는 형편없는 인간이고, 어린 협잡꾼에 지나지 않았다.

우리는 처음 데이트를 가졌던 공원 벤치에서 발걸음을 멈추고 섰다. 나는 다시 떨리는 감정을 느껴 보려고 무진장 애를 썼지만 헛수고였다.

"널 사랑해." 이르카가 갑자기 입을 열었다. 책가방을 든 그의 손이 떨렸다. 제기랄! 이럴 때는 뭐라고 대답해야 하는 거지? "오래 전부터 알고 있었어!" 이렇게 대답해야 하나? 아니야. 그건 어울리지 않아. 차라리 부끄러워하면서 입을 다무는 편이 나아.

"일 년 하고 조금 더 있으면 난 어른이 돼. 그럼 우리 결혼하자. 넌 기숙사에서 일 년만 참고 지내면 될 거야."

이 무슨 희망인가? 우리가 결혼을 할 거라고? 그럼 그 다음에는? 지하실에 있는 우리 방을 반으로 나누어 커튼으로 가릴까? 그럼 할아버지가 반쪽에서 코를 골며 자는 동안에 우리는 다른 반쪽에서 사랑을 나누고 있을까? 아니면 우리가 이르카의 부모님 집으로 이사를 해서 내게 시어머니가 생기게 될까? 아이는 몇이나 낳을까? 하나, 둘, 열, 열다섯. 그러면 나는 어머니 영웅이 되어 코흘리개들과 싸움닭들의 끈질긴 사랑에 둘러싸여 지낼 것이다. 간단히 말하면 이렇다. 우리가 어른이 되어 더 이상 사람들이 훗날을 기다리라는 말로 우리를 위로할 수 없을 때, 도대체 우리는 사랑에 대해서 무엇을 기대할 수 있을까? 지루해서 어쩔 줄 몰라 하면서도 그런 삶에서 소소한 즐거움을 많이 느끼게 될까? 아니면 즐거워서 어쩔 줄 몰라 하면서도, 소소한 지루함을 많이 느끼게 될까? 도대체 누가 나에게 무엇을 내밀 수 있고, 또 나는 그에게 무엇을 내밀 수 있을까?

뭐랄까, 내 안에서 이르카에 대한 고마움이 새록새록 솟아올랐다. 그 아이가 내게 자기가 가진 모든 것을 내밀었기 때문이다. 그것은 한 어린이가 어떤 사람 앞에 돼지 저금통을 내놓고, 더 이상 통용되지 않는 2크로네와 1포린트(헝가리 화폐단위)가 전부인 저금을 몽땅 거저 주는 것과 같은 행동이었다. 그만한 돈으로는 아무것도 살 수 없겠지만, 그렇다고 아이를 나무랄 수는 없는 노릇이었다.

"계집애. 그런 건 고마워할 줄도 알아야지."

내 곁을 날아가던 비둘기 두 마리가 느닷없이 끼어들었다.

"네게 그런 제안을 할 사람은 아무도 없을걸. 네 꼬락서니를 좀 봐."

그래서 나는 이르카의 팔짱을 끼었다. 우리는 우리 집까지 산책하듯 걸었다. 마른하늘에서 우리를 보고 신랑 신부라고 하는 소리가 들렸다. 작은 구름 위에 걸터앉아 다리를 흔들며 흘러가는 비둘기들이 목소리로 변하여 조잘대는 소리였다.

*

할아버지는 집에 없었다. 하지만 가스레인지에서 감자 삶는 물이 끓고 있는 것으로 보아 멀리 간 것 같지는 않았다. 나로서는 참으로 다행이었다. 나는 이르카와 내 책가방을 구석에 던져 놓고 이르카를 껴안았다. 집에 와서 우리가 입맞춤을 하고 있는 모습을 보면, 할아버지는 노발대발할 것이다. 나는 그 장면이 무척이나 기대가 되었다. 이르카와 나는 입맞춤을 나누기 시작했다.

그 아이의 두 손이 떨리며 흠뻑 땀에 절어 있었다. 생각해 보니, 다른 건 몰라도 이르카는 자율신경계에 이상이 있는 게 분명했다. 하지만 나는 그 아이에게 다른 마음에 드는 점은 없는지 찾아 나섰다. 나는 눈을 감았다. 쾌락의 파도 위에서 내 위장이 흔들렸고, 그렇게 시간이 흘렀다.

우리가 눈을 떴을 때, 할아버지는 식탁에 앉아 점심을 먹고 있었다. 냄비는 텅 비다시피 했다. 할아버지가 마지막 남은 조각을 포크로 찍어 들었다. 저럴 수가!

"나 먹을 건 어디 있어?"

"널 불렀는데, 배가 고프지 않은 것 같던데."

내 몫까지 잔뜩 먹은 것 같은데도, 마지막으로 입에 넣은 음식을 꿀꺽 삼키며 할아버지가 차분하게 대답했다.

"사랑보다 더 좋은 건 없지. 사랑은 소고기국하고도 바꿀 수 없는 거야."

할아버지가 덧붙였다.

이르카는 뭐가 문제인지 도통 알 수가 없었지만 할아버지가 우리 두 사람의 부아를 돋우려 한다는 느낌은 있었다. 그 아이는 만약의 경우에 대비해서 이렇게 말했다.

"할아버지가 우릴 모욕하려고 해도 소용없을 거예요."

할아버지가 눈알을 굴리며 자리에서 일어나더니 이르카에게 따귀를 한 대 올려붙였다. 그 아이가 식탁에 걸려 비틀거렸고, 냄비가 아래로 굴러 떨어졌다.

냄비의 달그락거리는 소리가 멈추자 할아버지가 말했다.

"그렇게 생각하니? 그렇다면 너도 이제 마음 놓고 날 쳐봐."

이르카가 눈을 질끈 감더니 힘껏 할아버지의 따귀를 때렸다. 할아버지는 깜짝 놀라 눈을 깜빡거렸지만, 더 이상은 아무런 내색도 하지 않았다.

"멍청하기는! 둘이서 그렇게 싸우면 내가 감동할 거라고 생각해? 어림도 없어."

난 소리를 질렀다. 할아버지가 다시 내 머리 꼭대기에 올라와 있고, 거기에 더해 내 점심까지 먹어치운 것 때문에 나는 짜증이 났다.

"남자들 사이의 진한 관계를 네가 이해할 리가 없지."

할아버지가 이르카를 쳐다보며 말했다. 둘은 서로를 향해 미소를 지었다.

난 이래선 안 된다고 생각했다. 할아버지가 저렇게 나오면 곤란했다. 내 속셈은 할아버지를 앞세워 이르카를 어떻게 해 보려던 것이 아니었다. 거꾸로 그 아이가 할아버지를 겨냥한 나의 무기였다. 하지만 나는 더 이상 그 점을 확신할 수가 없었다.

*

할아버지는 청소년보호국장이 우리 집을 방문할 것에 대비하는 준비를 하느라 오후의 나머지 시간을 보냈다. 그 준비라는 게 다름이 아니라, 식탁 바닥에 구멍을 뚫고 그 속으로 할아버지의 고개를 집어넣어서 마치 목이 잘린 것처럼 보이게 하는 것이었다. 할아버지는 이르카를 집으로 보내고 나에겐 찬장 뒤로 가 숨으라고 했다. 할아버지가 뭘 하든, 나는 차츰 심드렁해졌다. 나는 내가 마치 주인을 잃고 수화물 보관소에 맡겨져 경매를 기다리는 가방 같다는 느낌이 들었다. 마치 내가 가끔 누군가가 5마르크를 더 얹어 부르기는 해도 도대체 진짜 주인이 될 사람은 나타나지 않는 가방 말이다.

청소년보호국장은 혼자가 아니라 한 여자 직원과 함께 왔다. 아마도 불안했던 모양이었다. 나는 할아버지에게 화가 나긴 했지만 이제는 상황을 실컷 즐기기로 했다.

국장은 할아버지의 머리를 여러 번 톡톡 쳐보더니, 그런 물건을 집에 보관하는 건 명백히 유죄라고 말했다. 그런데 그의 동료 여직원은 할아버지를 알아보고 그 자리에서 졸도를 하고 말았다. 그 사이에 할아버지는 국장을 깨무는 데 성공했다. 당연히 국장은 자기가 의식을 되찾게 해 주려고 애쓰는 동안에 동료 여직원이 자기를 깨물었다고 생각했다. 그 때문에 여직원이 깨어난 뒤에 두 사람은 심한 말다툼을 벌였다.

"이제 와서 이걸 외계인의 잇자국이라고 주장하다니!"

국장이 화를 냈다.

그 순간 할아버지는 도저히 웃음을 참을 수가 없었고, 더는 잘린 목 흉내를 내고 있을 수가 없었기 때문에 식탁 밑에서 기어 나왔다. 국장은 기겁을 하며 숨을 헐떡거렸다. 난 승리가 우리 것임을 확신했다. 그 모든 것에도 불구하고 할아버지는 약삭빠른 남자였다. 할아버지가 정상적인 주장을 앞세워 이 남자를 상대하려고 했다면 우리는 견디지 못했을 것이다. 우리에겐 정상적인 주장이라는 것이 없었기 때문이었다. 하지만 얼토당토않은 행동 앞에서는 결국 누구나 맥을 못 추는 법이다.

다시 정신을 차린 청소년보호국장이 숨을 깊이 들이마시며 말했다. "바넥 영감님, 이제부터 제 말을 잘 들으세요. 우리 지역 사회복지위원회는 영감님이 무질서한 환경에서 생활하고 있다는 것을 확인했어요."

할아버지는 자기에게 환경이라는 것이 있다면 벌써 그걸 질서 있게 정돈할 줄도 알았을 거라면서 국장에게 항의했다. 하지만 국장도 만만히 물러서지 않았다.

"영감님은 왜 자기 자신을 속이려고 하세요? 영감님은 사회적으로 약자에요."

"당신 지금 날더러 약자라고 하는 거요?"

할아버지가 펄펄 뛰며 말했다.

"당신 자동차 있소?"

국장은 고개를 저었다.

"차고 있소?"

국장에겐 차고도 없었다.

"당신 주말 농장 있소?"

물론 국장에겐 그것도 없었다.

"나도 그것들을 가지고 있지 않으니, 그렇다면 우린 비긴 거요."

할아버지가 설명했다.

"그런데 당신 관은 있소? 난 있다오!"

내가 쾌재를 부르려는 순간이었다. 무슨 사악한 운명의 저주였는지, 난데없이 국장의 입에서 이 말이 튀어나왔다.

"영감님이 그렇게 겁쟁이라면, 관속으로 기어들어가, 그 속에서 빈둥거리며 지내세요."

"누가 겁쟁이라고?"

자존심이 상한 할아버지가 소리를 질렀다.

"영감님이 양로원을 무서워하니까요?"

국장이 노골적으로 할아버지를 업신여기며 말했다.

"내가? 무서워한다고?"

할아버지는 이제 으르렁거렸다.

"내가 당신네 양로원을 몽땅 뒤집어엎어 놓을걸."

"그거야 두고 봐야죠."

국장이 가소롭다는 듯이 웃으며 말했다.

"뒤집어엎으려면 먼저 영감님이 양로원으로 가는 수밖에 없겠네요."

나는 찬장 뒤에서 튀어나왔다.

"할아버지, 함정에 빠지면 안 돼!"

하지만 할아버지는 격노한 상태였다.

"내일 당장 들어가리다."

"통지를 받거든, 그때 가세요."

국장이 정중하게 말하고 나서 동료 여직원과 함께 물러났다.

나는 그들을 향해 달려갔지만 그들은 날 거들떠보지도 않았다. 그들은 의기양양하게 지하실 계단을 올라갔다. 마치 팡파르가 울리는 듯했다.

"바보!"

나는 할아버지를 보며 말했다.

"할아버진 바보야. 어떻게 그 사람들한테 속을 수가 있어?"

"모험이라면 난 항상 찬성이야! 머나먼 대양의 내음, 거친 계절풍과 산산조각이 난 돛……."

"그리고 5명이 함께 쓰는 침대에 누워 아침에는 관장을 하고, 저녁에는 텔레비전을 보겠지."

할아버지는 침대에 사지를 죽 뻗고 누웠다.

"사람은 살면서 뭐든 다 겪어 봐야 하는 거야. 그래야 임종을 맞는

순간에 이 세상에서 사람을 포함해서 뭐든 다 되고 싶었다는 말을 할
수 있거든."

"그럼 난 어떡하고?"

내가 목소리를 높이며 물었다. 갑자기 모든 것이 끝났다는 느낌이
나를 사로잡았다.

할아버지는 어깨만 으쓱할 따름이었다.

5

할아버지와 나는 냉소주의에 빠져 있었다. 우리에게는 죽음이 동
반자이거나, 그와 비슷한 존재라고 할 수 있었다. 할아버지가 자기
손으로 목을 매거나, 몸을 찌르거나, 목을 베어낸 게 한두 번이 아니
었다. 그래서 나는 언젠가 할아버지가 세상을 떠나더라도 슬픔을 느
끼기가 힘들 것 같았다. 어쩌면 할아버지는 생전에 나로 하여금 자기
의 죽음에 익숙해지게 하려는 뜻에서 그런 행동을 했는지도 모른다.
할아버지의 의도가 성과를 거둔 것은 분명했다. 그런데 할아버지가
내게 가르쳐 주지 않은 것이 있었다. 할아버지는 할아버지라는 한 인
간이 송두리째 증발해 버리고, 더 이상 양파 냄새도 나지 않고, 해마
같은 할아버지의 기침소리도 낡아빠진 슬리퍼 끄는 소리도 들리지
않는, 반쯤은 텅 빈 집에서 지내는 법을 내게 가르쳐 주지는 않았다.
　나의 상태를 문학적으로 표현하자면 고상한 언어가 필요할 것이다.

"그녀는 육체 없는 영혼처럼 주위를 어슬렁거렸다." 이 정도는 되어야겠지. 아니면 영혼 없는 육체가 좋을까? 나는 베니스와 제노바 공화국 총독 관저나 콜로세움과 아주 흡사한 우리 집안을 헤매고 다녔다. 어디에서 휴식을 취해야 좋을지 도무지 감이 잡히지 않았다. 할아버지는 나에게 마음이 아플 때는 화를 내라고 가르쳤다. 그러면 인생의 난관을 극복할 수 있다고 했다. 그래서 나는 화를 내기 시작했다. 할아버지는 꼴도 보기 싫어! 할아버지는 흉악한 늙은 악마야! 나는 욕설을 퍼부었다. 그런데 막상 그렇게 퍼붓고 보니 그다지 독창적이지도 점잖지도 못한 욕설 같다는 생각이 들었다. 할아버지는 용접해서 붙여 놓은 인간이야! 정신에 박힌 인생의 도끼야! 바람에 흩날리는 장난질 대장이야! 나는 독창적인 욕설을 퍼부으려고 애썼다. 너무나 독창적이어서, 만일 할아버지가 여기 있었다면 나를 마구 혼내려고 들었을 정도의 욕설을 생각해 내려고 애썼다. 할아버지라면 그러고도 남았을 것이다.

방이 길게 늘어나더니, 천장이 높아지고, 바닥이 밑으로 가라앉았다. 나는 그 안에서 날아다니다가 다시 밑으로 내려앉았다. 나는 새가 되고 싶었다. 그것이 나의 간절한 소망이었다. 다른 꿈은 없었다. 나는 사람들이 나를 데리러 올 때, 창문을 통해서 날아가는 작고 어리석은 참새가 되고 싶었다. 그래서 아주 높이, 그리고 그보다 더 높이 날아오를 것이다. 보리수의 꼭대기로 날아가 눈을 감고 나뭇가지가 흔들리는 대로 몸을 맡길 것이다. 그곳에는 아무것도 없을 것이다. 세상도 없을 것이다. 그야말로 아무것도 없이, 산들거리는 바람

소리뿐일 것이다. 태양과 하늘뿐일 것이다. 그곳에는 세상의 모든 것을 집어 올리는 내 손가락 끝밖에 없을 것이다. 나는 할아버지와 내가 짚가리 위에 앉아 있던 순간이 떠올랐다. 왜 세상은 내가 좋아하는 세상이 되어 주지 못할까? 생각할수록 원통할 뿐이었다. 자세히 따지고 보면 내가 바라는 것은 그리 많지 않았다.

그렇게 터무니없는 몽상에 빠져 돌아다니다가 나는 방 한 가운데 놓인 가방에 부딪혀 넘어졌고, 그 바람에 심하게 정강이를 차였다. "고마워, 인생! 우리가 사는 공간에 정확하게 경계를 그어 줘서!" 할아버지 같았으면 이렇게 말했을 것이다. 물론 아프기는 했지만, 사실 가방은 정확하게 그것과 나의 경계를 그어 주었다.

가방은 우리 집의 이방인이었다. 침입자였다. 우리 뇌리에는 쉽게 떠오르지 않는 세계에서 온 물건이었다. 내게 그 가방을 사준 것은 청소년보호국이었다. 기숙사에 갈 때 내 소지품을 넣으라고 사 준 것이다. 그래서 나는 내가 가진 것을 모두 가방 속에 집어넣었다. 팬티 몇 장, 군용양말 두 켤레, 할아버지가 남긴 물건 중에서 고른 셔츠 몇 벌이 전부였다. 나는 마뜩찮은 마음으로 묵묵히 가방을 꾸렸다. 어디선가 그것을 풀 때 사람들이 내게 무슨 말을 던질지 벌써부터 가히 상상이 갔기 때문이다. 나의 개인적인 영역을 송두리째 잃어버린다는 부담감이 무겁게 내려앉았다. 그밖에 나는 해져서 너덜너덜한 체스 교재도 가방 속에 넣었다. 체스 경기 최종 결승전 대비용 교재였다. 또 늙어서 힘이 빠진 고슴도치를 닮은 칫솔도 넣었다. 가방을 꾸리는 일의 절정은 통에 담긴 설탕을 남김없이 먹어치우는 대목이었다. 설탕이 없으면, 할아버지는 집에 돌아와, 말 그대로 쓰디쓴 차를 마실 수밖에 없을 것이다. 만일 할아버지가 돌아온다면 말이다. 지금까지 할아버지는 집에 돌아오기 위해 손가락하나 까닥하지 않았다. 일주일 내내 할아버지가 한 일이라고는 내게 달랑 편지 한 통 쓰는 것밖에 없었다.

나는 침대에 드러누워 천장의 잿빛 얼룩을 쳐다보았다. 할아버지! 할아버지는 나에게 인생에 대해 제대로 마음의 준비를 시켜 주지 못했어. 결코 그렇지 못했어. 할아버지는 내게 혼자 지낼 수 있는 능력은 키워 주었지만, 버림받는 능력을 키워 주지는 못했어. 갓난아기 때부터 나는 늘 몇 시간씩 혼자 있고는 했어. 이런 우스꽝스런 환경에서 수백 번씩이나 그런 시간을 보냈던 것이 아직도 기억에 생생해. 하지만 내게는 항상 할아버지가 있었어. 난 할아버지가 집에 올 것이라는 걸 알고 있었어. 난 내게 할아버지가 있다는 것을 알고 있었어. 그런데 이제 그것은 다 지나간 일이 되었어. 이제 할아버지는 보기 좋게 날 버렸어. 어쨌든 그런 셈이 되었어.

*

내가 깜빡 잠이 들었던 모양이었다. 눈을 떠보니, 이르카가 옆에 앉아서 내 머리카락을 쓰다듬고 있었다. 난 우습기도 하고 불쾌하기도 했다. 하지만 그 아이의 손에서는 아늑한 온기가 뿜어져 나왔다.

어찌나 아늑하던지 나는 그 근사한 느낌을 다시 맛보기 위해 재빨리 다시 눈을 감고 말았다. 이르카가 나를 안쓰러워한다는 것을 알고 나니 꽤나 기분이 좋았다. 그 아이의 손길에서 내가 더 작고, 더 마르고, 더 불행하고, 더 쓸쓸한 사람처럼 느껴졌지만, 동시에 나는 혼자가 아니라는 의식이 그런 느낌을 곧바로 달콤하게 상쇄해 주었기 때문이다.

"열쇠를 가져오려고 했어."

내가 잠을 자고 있지 않다는 것을 깨닫자마자 이르카가 말했다.

"만일 사람들이 와서 너희 살림살이를 들어내려고 하면, 난 이곳에 바리케이드를 치고 단식투쟁에 들어갈 거야."

나는 감동했다. 어쩌면 이럴 수가! 사람들은 이 아이에게서 깊은 인상을 받을 것이다.

"할아버지는 사람들이 자기를 양로원에 집어넣으면 일주일 안에 죽을 거라고 입버릇처럼 말했어. 그런데 죽기는커녕, 지금까지 몸무게가 3킬로그램이나 늘었대."

나는 할아버지가 말과 정반대로 행동하는 것을 알고 나서 느꼈던 쓸쓸했던 기분을 이르카에게 털어놓았다.

"아마 할아버지가 배가 터질 때까지 음식을 먹으려고 해서 그럴 거야."

이르카는 나를 위로하려고 했다. 나는 할아버지의 편지가 놓인 책상을 가리켰다. 편지를 보면 그 아이는 자기 생각이 틀렸다는 것을 분명히 알게 될 것이다. 할아버지는 편지에 양로원 생활이 무척 재미

있다고 썼다. 그런데 할아버지는 직원들이 자기를 싫어한다고 했다. 노인들끼리 《완벽한 결혼》이라는 책을 돌려가며 읽었는데, 그 책을 유포한 장본인이 할아버지라는 사실이 발각되고 난 다음부터 일이 그렇게 되었다는 것이다. 양로원 의사는 그것을 추잡한 책이라고 주장하지만, 할아버지는 그것이 고전문학에 속한다는 주장을 굽히지 않았다. 머리가 허옇게 센 노인들이 그 책을 읽은 다음부터 계속 근처 술집으로 몰려가 마구 술을 퍼마시며, 술집 여주인과 동네 아낙들에게 치근거렸다. 의사는 그것 때문에 가장 크게 화를 냈다. 할아버지는 그 작품이 그걸 읽은 사람들의 호르몬 활동을 높여 준다고 주장했지만, 의사는 양로원에서는 그런 일이 있어서는 안 된다고 고집을 부렸다. 의사의 주장에 따르면, 양로원은 노인들이 노년을 조용하게 보내기 위해 있는 곳이었다.

"바넥 영감님, 우리는 영감님에게 정원에 화단을 나누어드렸어요. 그런데 영감님은 그것을 전혀 돌보지 않더군요."

의사가 말했다.

할아버지는 편지에 흥분을 참지 못하고 신음하듯 썼다. 할아버지는 인간의 수명이 엄청나게 늘어나고 있는데 그런 말이 어디 있느냐고 했다. 도대체 앞으로 지구에서 사람들에게 화단을 충분히 나눠 줄 수가 있기는 있겠느냐는 것이 할아버지의 생각이었다.

이르카는 우리 집을 눈여겨보더니 가방을 향해 걸어갔다.

"미쳐 버릴 것 같아."

이르카가 전에 없이 화난 얼굴로 말했다.

"이런 엉터리 같은 세상에서 좋아하는 여자애를 위해서 아무것도 할 수 없다고 생각하니 미쳐 버릴 것 같아. 아무것도, 도대체 아무것도 할 수 없다니, 세상에 나처럼 한심한 애가 또 어디 있을까?"

이르카는 내가 여전히 사지를 뻗고 누워 있는 침대 앞에 무릎을 꿇었다.

"참아, 일 년만 더 참아. 그러면 우린 성년이 될 거야."

난 고개를 저으며 자리에서 일어났다. 기분전환을 위해 이번에는 내가 이르카의 머리를 쓰다듬었다. 그래봐야 아무 의미가 없을 것이다. 어떤 나이에 도달한다고 해서 그것이 우리에게 무슨 도움이 되지는 않을 것이다. 난 그것을 너무도 잘 알고 있었다. 어디를 가더라도, 또 어떤 식으로든 우리는 늘 미성년자로 있을 것이다. 누군가가 늘 우리 위에 군림할 것이다.

계단에서 발자국 소리가 들렸다. 그들이 오고 있었다. 내 귀에는 그 소리가 마치 사형집행 명령처럼 울렸다. 출입문에 누가 모습을 드러냈다. 보아하니, 운전사 같았다. 그는 손에 무슨 종이를 하나 들고 있었다. 아마도 화물 인도증이었을 것이다. 화물이래야 보잘것없는 내 물건뿐이겠지만 말이다.

"애, 이제 출발해야지!"

민중을 위해 봉사하는 운전사가 무뚝뚝하게 말했다.

나는 아직 미동도 하기 전이었다. 그때 내가 전혀 예상하지 못했던 일이 벌어졌다. 이르카가 일어나더니 가방을 들고 집을 나서려고 했던 것이다.

"잠깐."

운전사가 소리를 질렀다.

"여기에는 야나 반코바, 미성년자라고 적혀 있는데."

"그 애가 나예요."

이르카가 조용히 말했다.

"얀 바넥, 미성년자요. 아마 청소년보호국에 근무하는 직원이 잘못 적었나 봐요."

남자는 갑자기 얼이 빠진 것 같았다. 그 사람 눈에 그렇게 쓰여 있었다.

"거기에 '미성년자'라고 적혀 있다면, 남자애가 틀림없을 거예요. 그렇지 않으면, '여성 미성년자'라고 되어 있겠지요."

그의 얼굴이 벌겋게 달아올랐다. 그는 어찌된 영문인지 알아보겠다는 생각을 포기했다. 포기하고 나니 그 나름대로 다음 행동을 취할 빌미가 생겼다.

"이거나 저거나 매 한가지니까."

전후 사정에 대해 대강 가닥이 잡히는지 그가 말했다. 그는 이르카의 손에서 가방을 받아들었다. 두 사람은 말없이 방을 나섰다. 그렇게 나는 느닷없이 다시 혼자가 되어, 어안이 벙벙한 얼굴로 그 자리에 서 있었다. 물론 그 아이는 그렇게 한다고 해서 문제가 해결될 것이라고는 믿지 않았을 것이다. 하지만 분명한 사실은 이르카가 사람에게는 가끔 숨 돌릴 시간이 필요하다는 것을 이해하고 있었다는 것이다.

이제 나는 그 시간을 갖게 되었다. 내 팬티와 양말들을 떠나보내긴 했지만 난 이미 인생에서 그보다 더 많은 것을 잃어버린 사람이었다.

*

할아버지와 나는 유행에 대해서 아주 잘 알았다. 사람들이 무슨 옷을 입는지 보여 주는 멍청한 신문들이 수백만 부씩이나 팔려나갔기 때문이다. 신문을 처음부터 끝까지 다 읽고 나면, 또 할머니가 옷에 묻은 녹 얼룩과 자두 얼룩, 그리고 매니큐어 지우는 방법에 대해 알려 주는 기사를 오려내고 나면, 사람들은 그것을 내다버렸다. 그런 다음에 그 신문들은 우리 손에 들어왔다.

나는 할아버지의 옷장을 샅샅이 뒤진 끝에 아주 오래된 스웨터를 하나 건졌다. 건져놓고 보니, 아주 대단한 물건이었다. 스웨터의 길이가 아주 길어서 닳아서 해진 내 치마의 뒷부분을 덮을 정도였다. 나는 할아버지의 셔츠를 스웨터 속에 받쳐 입었다. 그러자 셔츠의 괜찮아 보이는 부분만 살짝 겉으로 드러났다. 거기다 맨 위의 단추가 풀어져 있어서, 셔츠가 가느다란 내 목의 약점을 살짝 감싸는 모양새가 되었다.

나는 갑자기 약간 흥분을 느꼈다. 나는 할아버지의 접착제를 찾아서 내 구두 밑창을 튼튼하게 붙였다. 내 눈에는 거의 완벽해 보였다. 나는 쓰디쓴 차를 몇 모금 마셨다. (내가 어제 설탕을 깡그리 긁어서 먹어치웠으니 틀림없이 저들끼리 위장 속에서 적절한 비율로 혼합될 것이다.) 그런 다음 나는 체스클럽을 향해 길을 나섰다. 오늘은 고수란 고수는 모두 다 꺾을 수 있을 것 같은 기분이 들었다.

하지만 나는 그들을 물리치지 못했다. 결론적으로 말해서 나는 맨꼴찌였다. 체스 강사인 파벨 선생이 그날 저녁 막바지에 낸 최종라운드 문제를 풀지 못했기 때문이다. 난 꽤나 멍청한 얼굴로 체스 말들이 놓여 있는 자석판을 노려보고 있었다. 어제 이르카가 들고 간 체스 교재에 분명히 그 문제가 들어 있었다. 그걸 생각하니 서글펐다. 나는 정신이 오락가락했다. 나는 잠시 이르카가 내 가방을 푸는 장면을 상상하면서 사람들이 그 아이에게 호통을 치는 모습을 떠올렸다. 사람이 바뀌었다는 사실이 금방 들통 날 것이기 때문이다. 만일 이르카가 약삭빠르다면 운전사가 자기를 강제로 데려왔다고 주장할 것이다. 만약 그 아이가 좀 더 약삭빠르다면 하루 정도는 충격으로 자기 이름 석 자조차 쓰지 못할 지경이 된 사람 흉내를 낼 것이다. 그러면 난 그만큼 시간을 버는 셈이다. 하지만 무엇을 위해서 그래야 하지?

이제야 나는 파벨 선생이 신경질적인 걸음으로 왔다 갔다 하고 있는 것을 깨달았다. 그는 분명히 오래 전부터 집에 가고 싶었을 것이다. 그런데 내가 이렇게 엉덩이를 걸치고 자리에 앉아 있었다. 포기해 버릴까? 말도 안 돼. 나는 파벨 선생에게 그런 인상을 주기 싫었다. 그는 영화의 주인공들처럼 갈색으로 그을리고, 윤곽이 날카로운 얼굴의 소유자는 아니었다. 오히려 그 반대였다. 그는 조금은 구부정하고, 약간 창백하고, 눈꺼풀이 신경질적으로 떨리는 사람이었다.

간단히 말하면, 그는 지식인이었다. 하지만 그것도 맞는 말은 아니다. 그는 뭔가 그 중간쯤에 있는 사람이었다. 스포츠맨 타입이지만 근육질의 남자는 아니며, 머리카락은 곱슬곱슬하면서 약간 듬성듬성하고, 올빼미처럼 영리했다. 내가 이제 와서 포기한다면 그는 앞으로 반년 동안은 나를 놀려먹을 것이다. 내가 포기하지 않으면 파벨 선생은 너무 시간을 오래 끈다고 화를 낼 것이다.

"나 원 참. 너 도대체 연습을 하기는 했니?"

그가 꽤나 못마땅한 얼굴로 물었다.

"방금 실수를 저질러 판을 망쳤어요."

파벨 선생에게는 솔직하게 구는 편이 바람직하다.

"그렇다면 비켜 봐."

그가 솔로몬 왕처럼 자비를 베풀고 나에게 고개를 끄덕이며 말했다. 그는 내 옆에 자리를 잡고 앉아 세 수만에 흑을 외통수로 몰아붙였다. 알고 보니, 이루 말할 수 없이 단순한 문제였다. 내 자부심은 땅속 깊이 가라앉았다. 파벨 선생이 손가락으로 내 머리카락을 헤집고 내 머리를 가볍게 흔들며 말했다.

"너 머리는 주머니 속에 쓸데없는 것이나 넣고 다닐 때 쓰려고 달고 다니는 거냐?"

워낙 노골적인 질문이라 대답하기가 고약했다. 그래서 나는 만약을 대비하여 얼굴을 붉혔다. 그런데 내 귀는 당황한 나머지 마구 부풀어 올랐다. 파벨 선생이 그걸 눈치 채고는 비죽거리며 웃었다.

"나머지 문제는 내일 우리 집에 와서 풀어도 돼. 너 내가 어디

사는지 알지?"

나는 고개를 끄덕였다. 얼굴이 더 심하게, 끝도 없이 빨개졌다. 수년 전의 일이었다. 말하자면 아득히 오래 전의 일이었다. 그때 나는 파벨 선생에게 말 그대로 홀딱 반했었다. 난 그의 집 앞에 진을 치고 서서, 창문을 통해 그의 생활을 염탐하곤 했다. 그는 바닥이 약간 높은 일층에 살았다. 그래서 블라인드를 내리지 않으면, 그의 생활을 엿볼 수 있었다. 그가 프라이팬에 요리를 하고, 여기 체스 클럽에 있는 것과 비슷한 자석판을 앞에 놓고 체스 문제를 풀고, 머리를 긁적이며 하품을 하는 모습을 관찰할 수 있었다. 그러다 마침내 블라인드가 내려가면 그 장면도 끝이 났다. 그랬다. 그 오래 전에 내가 할 수 있는 것은 그것뿐이었다. 심지어 난 꿈에서도 그를 보았다. 그러나 오래 전부터 할아버지가 워낙 요란하게 코를 골았기 때문에 그 옆에 누워서 사랑의 꿈을 꾸기란 쉽지 않은 일이었다. 어쩌면 오늘 내게 그럴 기회가 생길지도 모르겠다. 할아버지가 나에게서 아주 멀리 떨어진 곳에서 코를 골면서 노쇠한 어르신들이 꿀맛 같은 사랑의 꿈을 방해할 테니까 말이다. 하지만 나는 지금은 더 이상 그럴 기분이 나지 않았다.

파벨 선생은 반갑게 달려오는 강아지를 쓰다듬듯 불쌍한 내 머리카락을 다시 한 번 가볍게 쓰다듬고 나서 자비롭게 나를 놓아 주었다. 클럽의 출입문을 닫고 나서야 제 정신이 돌아온 나는 그가 있는 쪽을 향해 혀를 날름 내밀었다. 그런 식으로 우상을 모욕하긴 했지만, 사실 그것은 솔직하지도 못하고 전혀 쓸데도 없는 행동이었다.

왜냐하면 나는 더 이상 파벨 선생을 사랑하지는 않았지만, 그를 무척
존경했기 때문이다.

*

할아버지의 스웨터가 나를 아주 매력적으로 보이게 하는 게 분명
했다. 나는 만약의 경우에 대비하여 그 마술의 스웨터를 빨아서 통풍
이 잘 되는 곳에 널었다. 그런 다음에 냄비 몇 개에 물을 담아 가스
레인지에 데운 다음, 우리 집 살림의 자랑거리인 좌욕통에 부었다.
목까지 따듯한 물에 담근 채, 나는 내 운명을 좌우로 돌리고 상하로
뒤집기 시작했다. 나 대신 이르카가 얼굴도 모르는 사람들 틈에서 지
내는 동안에 난 벌써 하루를 허비했다. 난 아무것도 하지 않았다. 그
뿐만 아니라, 난 무엇을 해야 할지도 몰랐다. 도망을 칠까? "네 그림
자를 피해 어디로 도망갈 건데?" 할아버지라면 이렇게 말했을 것이
다. 나는 생각해 보았다. 왜 난 이 모든 것을 혼자서 극복해야 할까?
예를 들어서, 왜 나는 체스 천재인 파벨 선생에게 속마음을 털어놓지
않을까? 어쩌면 그는 무슨 생각을 해낼지도 모른다. 그렇기도 하지
만, 나는 그의 체스 클럽을 위해 시합에 나가 몇 번 이긴 적이 있다.
그렇다면 그가 나를 돕는 일에 절대적인 관심을 가질 수도 있다.
    머릿속에서 생각이 흐르는 동안에 갑자기 물이 식었다. 이제는 할
아버지의 원칙 가운데 하나에 따르는 수밖에 달리 방법이 없었다.

그것은 오늘 반드시 해야 할 일을 내일로 미루라는 원칙이었다.

내일은 토요일이었다. 그렇다면 내 결정이 옳은 셈이었다. 이르카는 월요일 이전에는 돌아오지 않을 것이기 때문이다. 물론 그렇다고 해서 나는 주말을 망치지는 않을 것이다.

토요일 아침 신문배달을 마치고 나서, 나는 침대로 기어들어 갔다. 내 머리 옆에 있는 빅벤이 요란한 소리를 냈다. 아무도 내게 아침을 차려 주지 않았고, 아무도 기침을 하지 않았으며, 인생에 대해 시시때때로 달라지는 신념을 소리 높여 설파하지도 않았다. 그래서 나는 오전 내내 늘어지게 잠을 잤다. 나는 할아버지의 화를 실컷 돋워 줄 생각이었다. 만일 내가 이렇게 지낸다는 소식을 할아버지가 듣는다면 말이다.

점심 때 나는 빵 한 조각을 먹었다. 식사시간이었기 때문이다. 그리고 가볍게 머리를 빗었다. 그러나 나는 곧 빗질을 멈추고 널어놓은 스웨터를 걷었다. 당연히 그 물건은 아직도 마르지가 않았다. 갑자기 나는 뭔가를 망쳐 버린 것 같은 기분이 들었다. 제 시간에 닿지 못할 것 같았기 때문이다. 늦지 않으려면 이제 눈썹이 휘날릴 정도로 서둘러야만 했다. 나는 이를 악물고 그 축축한 스웨터를 입고 집을 뛰쳐나갔다.

나는 파벨 선생의 집 앞에서 급히 걸음을 멈추었다. 멍청한 계집애. 너 미쳐도 아주 단단히 미쳤구나! 그렇게 서두르다가는 네가 그 사람에게 홀딱 빠진 것처럼 보일 거야. 나는 잠시 내 행동에 대해 반성을 했다. 그러나 과거의 감정에 대해 생각하면 조금은 몸이 떨리기도 했지만, 나는 그때의 내가 아니었다. 그것은 솔직하게 인정하지 않을 수 없는 사실이었다. 나는 떨리던 몸이 진정될 때까지 차분하게 기다렸다. 그런 다음에 초인종을 눌렀다.

파벨 선생의 집은 마치 궁전 같았다. 나는 그 모습에 압도당했다. 그의 집은 무척 아름답게 정돈되어 있었다. 무엇보다도 식탁이 있고 그 위에 음식이 차려져 있었다. 그걸 어떻게 묘사해야 좋을지 모르겠다. 닭고기, 감자, 샐러드, 포도주잔. 그리고 한 가운데에는 사발 모양의 카스텔라가 놓여 있었다. 보아하니 디저트용으로 갖다 놓은 것 같았다. 나는 순간적으로 뒷걸음질을 치며 나를 나무랐다. 바보 같은 계집애. 그 사람에게 손님이 있잖아. 하지만 파벨 선생은 나를 거실로 안내했다. 잠시 어리둥절하기는 했지만, 나는 그가 그 모든 것을 나를 위해 준비했다는 사실을 깨달았다. 나는 거의 기절할 뻔했다. 그렇다면 내가 이 웃기는 체스를 파벨 선생에게 신망을 얻을 정도로 잘 두었다는 말이 된다. 그건 분명했다. 다만 내가 그걸 알지 못했을 따름이다. 말도 안 돼. 나는 앞으로는 정신 바짝 차리고 조금 더 열심히 체스를 연습해야겠다고 마음먹었다. 그래서 나는 즉시 그의 책장 앞으로 걸어가 책들을 살피기 시작했다. 하지만 식탁 위에 놓인 음식에 신경이 쓰여 정신을 집중할 수가 없었다. 파벨 선생은 친절하게 나를 책장에서 식탁으로 안내했다. 사실 나는 곧장 음식부터 먹기 시작하는 것은 모양이 빠지는 일이라고 생각했다. 그래서 잠시 내가 정말 가장 좋아하는 것이 체스인 양 행동했던 것이다. 또 그렇게 해서 나는 파벨 선생에게 그가 상황을 잘못 판단한 게 아니라는 사실을 입증해 주었다. 축축한 스웨터를 입어서인지 내 몸에서 김이 살짝 피어올랐다. 나는 진정으로 만족감을 느끼며 쉬지 않고 말을 했다. 드디어 누군가가 나를 인정했다는 사실에 나는 행복했다.

그렇게 내가 한창 기분에 취해 있을 때, 바로 그 일이 일어났다. 문득 이상한 느낌이 들었다. 파벨 선생은 더 이상 내 머리카락을 쓰다듬지 않았다. 내 목도 쓰다듬지 않았다. 그는 손을 곧바로 할아버지의 스웨터 속으로 밀어 넣더니, 앞쪽으로 움직였다. 나는 몸이 뻣뻣해졌다. 나는 전광석화처럼 무슨 일이 벌어지고 있는지 깨달았다.

"이건 지저분한 소설에나 나온 짓이에요."

나는 자리를 박차고 일어나며 쉰 소리로 외쳤다. 물론 나는 출입문으로 나갈 수도 있었다. 하지만 창문이 더 가까웠다. 그 순간 내가 느끼기에, 그것은 목숨이나 무슨 특별한 것이 달린 문제였다. 그래서 나는 창문틀을 꽈당 옆으로 밀치고 밖으로 뛰어나갔다. 그 와중에도 나는 닭고기를 낚아채어 손에 움켜쥘 수 있었다.

나는 마치 사방이 온통 불길에 휩싸인 양 쏜살같이 거리를 내달렸다. 젖은 스웨터 때문에 몸은 추웠고, 닭고기 때문에 손가락에서는 불이 났다. 할아버지 셔츠의 깃을 타고 눈물이 흘러내렸다. 나는 긴 거리를 쉬지 않고 달리며 내가 얼마나 웃음거리가 되었는지 생각해 보았다. 숨이 턱까지 차올라 더 이상 움직일 수 없을 지경이 되어서야 나는 걸음을 멈추었다. 그러자 나 자신이 가엽다는 생각이 거대한 파도처럼 나를 덮쳤다. 너무나 슬퍼, 돌덩이도 나를 동정할 정도로 목놓아 울고 싶었다. 하지만 나는 울기 전에 닭고기부터 베어 물었다.

나는 닭고기를 한입 가득 머금은 채, 한숨을 내쉬며 닭의 아랫배 속으로 손가락을 밀어 넣었다. 정말로 속이 가득 차 있었다. 그래서 나는 탄식을 내뱉는 대신 웃음을 터뜨렸다. 나는 파벨 선생이 온갖 즐거움을 기대하며 조심스럽게 닭의 속을 채우는 모습을 상상해 보았다. 이제 그에겐 아무것도 없을 것이다. 오로지 기름 때 묻은 고기구이용 그릇밖에 남지 않았을 것이다. 나는 웃음을 멈출 수가 없었다. 숨이 막혀 거의 죽을 것만 같았다. 이 멍청한 양반! 앞으로는 당신을 그렇게 불러 줄게. 그럴 거였다면 애당초 상대를 잘못 고른 거야. 끝내기도 제대로 못하는 멍청이 같으니. 당신은 이 시합에서 첫 단추부터 잘못 끼운 거야. 웃음이 잦아지자 나는 천천히 집으로 발걸음을 돌렸다. 구수한 냄새가 나는 하얀 닭고기 살을 조금씩 뜯어 먹으며 집으로 갔다. 나는 그러면서 힘들게 점심 한 끼 번 셈 치기로 했다.

집 앞에 도착해서 보니, 내 손가락이 지저분했다. 나는 포만감에 기분이 흐뭇했다. 나는 지금까지 살면서 한 번도 그런 포만감을 느껴 본 적이 없었다. 숨을 쉴 수가 없을 정도였다. 늘어난 위장이 나를 압박했다. 그것만 아니었다면, 정말 멋진 기분이었을 것이다. 나는 집 계단에서 할아버지의 동료인 흐보이카 노인과 브라다취 노인을 만났다. 그들은 나를 맞아주면서 함께 할아버지의 면회를 가자고 했다. 나로서는 반가운 생각이었다. 더구나 흐보이카 노인은 내 버스요금까지 대신 내주겠다고 했다. 배가 곧 터질 것 같았던지라, 나는 그들과 함께 가기로 했다. 이 기회에 조용히 할아버지의 양심을 조금은 추궁할 수 있지 않을까 하는 기대도 있었다. 나는 옷을 갈아입어야 할지 말지 생각하다가, 벌 받는 셈 치고 축축한 스웨터 차림으로 오후를 지내기로 작정했다. 그건 그렇다 치고, 스웨터를 입은 내 모습이 무척 매력적인 것도 그 결정을 한몫 거들었다.

*

버스로 그리 멀지 않은 양로원까지 가는 길은 즐거웠다. 내 발치에서 피어오르는 먼지 속으로 사람들이 북적대며 휘말려 들어가는 모습이 보였다. 절대적인 포만감(배부름을 측정하는 단위가 있던가?) 덕분에, 나는 그 가련한 군상들을 호의적인 눈길로 내려다볼 수 있었다. 흐보이카 노인은 나에게 차표 살 돈을 주었다. 그에 반해 브라다취 노인은 엄중한 검표 시스템을 거치지 않고 속임수로 버스에 올랐다. 그 덕에 노인은 목적지까지 가는 동안 검표원이 나타나지나 않을까 내내 노심초사할 수밖에 없었다. 만일에 대비하여 그는 몇 가지 역할을 미리 연습해 두었었다. 그는 여차하면 귀머거리 노인이나, 간질 발작을 일으킨 환자, 또는 진통을 느끼는 사람 흉내를 낼 생각이었다. 하지만 그는 소매치기 당한 사람 흉내를 가장 잘 낼 수 있다고 했다. 그는 그것이 가장 극적인 효과를 발휘한다고 믿는 것 같았다. 버스가 출발하기 전, 그는 우리에게 놀란 얼굴로 호주머니를 뒤지는 연기, 애간장을 녹이는 목소리로 "연금생활자가 소매치기를 당했다!" 하고 소리치는 연기, 흐느껴 울면서 어머니를 부르는 연기를 보여 주었다. 그 장면의 마지막은 의식을 잃고 쓰러지는 것이었다. 그런데 그는 쓰러지기 전에 재빨리 자신의 여행 목적지가 적힌 작은 쪽지를 윗도리 단추에 걸었다. 그는 그렇게 하면 사람들이 자기를 병원으로 데려가지 않을 것이라고 믿었다. 그는 병원에 가는 것을 끔찍이 싫어했다.

양로원의 어스름한 복도에 들어섰을 때 우리는 자기도 모르게 숨을 죽였다. 우리는 다시 혐오스럽게 생긴 대형 새장에 갇혔다는 것을 갑자기 깨달은 독수리가 된 듯한 기분이 들었다. 우리는 발소리를 죽이고 이리저리 돌아다니며 사람이 없는 공간들을 살피듯 들여다보았다. 갑자기 어디선가 귀에 낯익은 목소리가 들렸다. 어느 출입문 안쪽에서 할아버지가 시를 낭독하고 있었다.

"오, 나의 친구여, 당신은 얼마나 아름다운지요. 얼마나 아름다운지요. 당신의 두 눈은 곱슬머리 아래에 있는 작은 비둘기 같고, 당신의 머리카락은 길레아드 산에서 사람들이 본 염소 떼 같아요. 당신의 입술은 이중으로 채색된 빨간 비단으로 된 실 같고요. 내 친구여, 당신은 모든 것이 다 아름다워요. 당신에게는 흠을 찾을 수 없군요."[5]

우리는 출입문에 바짝 달라붙어서 마치 마법에 걸린 사람들처럼 앞으로 무슨 일이 벌어질지 기다렸다. 사람들이 짧게 킥킥대는 소리가 들렸다. 분명히 지금 두 노인네는 서로의 눈을 보고 있을 것이다.

● ● ●
5) 구약성서 아가서(3장, 1-7절)를 상당히 자유롭게 변형해서 쓴 표현.

그 모습이 내 마음을 아프게 찔렀다. 킥킥대는 소리가 멎고 난 뒤에
한 여자의 목소리가 들렸다.

"그거 냄새가 아주 좋군요. 장미 말이에요. 할아버지는 그걸 어디
서 구했나요?"

"겟세마네 정원에서요."

할아버지가 대답했다. 그로서는 그 질문에 달리 다른 식으로 답을
할 수가 없었을 것이다.

나는 마음속으로 할아버지가 비열하다고 생각했다. 그때 그 여자
가 이어서 물었다.

"어디서 구했다고요?"

"무명용사들의 기념비에서요."

갑자기 출입문의 틈새가 약간 벌어졌다. 우리 눈앞에서 삼류소설
에서 나옴직한 장면이 펼쳐졌다. 한 젊은 간호사가 창가에 서 있고,
그 뒤에 할아버지가 있었다. 할아버지는 그녀 뒤에서 눈을 감고 있었
다. 간호사가 할아버지의 손을 떼어내며 소리쳤다.

"할아버지가 바넥 씨인가요?"

"아니요. 저는 장 마레[6]예요."

할아버지가 단호하게 말했다.

"그렇다면 할아버지가 내 하인이겠네요."

간호사가 약간 화가 난 목소리로 말했다.

●●●
6) 프랑스의 유명한 영화배우.

"올가! 제발 저의 가장 여린 감정을 흔들지 마세요."

할아버지가 정열적으로 말했다. 어찌나 정열적이던지 실로 내 가슴이 찢어질 것만 같았다.

"이제 그만 하세요. 고집쟁이 영감님."

간호사가 웃으며 말했다. 그 목소리에서 우리는 그녀가 그다지 화가 나지 않았다는 것을 미루어 짐작했다. 그런 다음 그녀는 몸을 돌려 방에서 나와 우리 곁을 지나갔다. 그때가 되어서야 할아버지는 우리를 주목하게 되었다.

"여기서 뭐하는 거야?"

할아버지가 물었다. 분명히 별로 반가워하지 않는 목소리였다.

"할아버지를 집에 데려가려고. 우리와 함께 집에 가."

할아버지는 나를 응시하더니 고개를 저었다.

"애, 난 늙긴 했어도 꼭두각시는 아냐."

"하지만 할아버지는 여기서 모든 것을 다 봤잖아."

나는 어른을 달달 볶는 아이처럼 굴었다. 아, 할아버지, 제발 집에 가자. 내가 할아버지에게 조금은 소중한 존재라는 걸 보여 줘. 제발, 나도 세상에서 누군가에게 소중한 존재이고 싶어. 하지만 할아버지는 신이 난 표정으로 계속 혼자서 중얼거렸다.

"봤고말고. 그가 왔고, 보았지. 하지만 그는 아직 이기지는 못했어.(시저가 폰투스의 파르나케스 2세와 싸워 이긴 뒤 로마 시민과 원로원에게 보낸 승전보에 썼다고 전해지는 '왔노라, 보았노라, 이겼노라!'에 빗대어 표현한 말) 그리고 여기 내 주위에서 얼쩡거리지 좀 마. 무엇보다도 네 옆에 있으면 내가 더 늙어 보인단 말이야."

나는 끝내 거드름을 피우듯 말을 하고 말았다.

"그러다 언젠가 후회만 하지 않는다면."

"나 자신을 빼면, 난 결코 어떤 것도 후회하지 않아."

할아버지는 자기 동료들을 향해 고개를 돌리더니 더 이상 나를 쳐
다보지 않았다. 할아버지는 그들과 팔짱을 끼고, 마치 성주가 성에서
사람들을 안내하듯이 그들을 양로원 이곳저곳으로 안내했다. 아마도
양로원은 한때 성이었을 것이다. 다만 지금은 문화재 보호라는 명목
아래 폐허보다 더 못한 상태가 되어 있을 뿐이다.

"여기 이곳이 화장실이에요. 물 내리는 곳의 손잡이들을 보세요.
모양이 특별해요. 나이든 사람들이 싫증을 내지 않게 특별한 모양으
로 되어 있어요. 이 손잡이들은 코바르 박사의 미술품 진열실에서 가
져온 것들이에요."

"그런데 당신이 여기서 하는 일이 뭡니까?"

브라다취 노인이 조롱하듯 물었다.

"엄마 아빠 역할이지요."

할아버지가 조용히 대답했다. 브라다취 노인은 질투에 사로잡혔다.
그의 표정에 그것이 역력히 드러났다.

*

우리는 정원으로 갔다. 할아버지와 할머니들이 햇빛이 비치는 벤치에서 볕을 쪼이며 잠을 자고 있었다. 깨어 있는 사람들은 할아버지에게 공손하게 인사를 했다.

"아무리 봐도, 당신 살이 찐 것 같아요."

흐보이카 노인이 용기를 내어 입을 열었다.

"네. 늘 밥을 정량보다 더 먹으니까요. 나중에 집에 가면 그 비계로 먹고살 거예요. 일종의 장기투자로 보면 돼요."

"전에 당신은 이런 곳에 있다간 며칠 못 가서 죽을 거란 말을 입에 달고 살았잖아요. 그런데 어떻게 여기서 만족을 느낄 수가 있어요?"

할아버지는 작은 벤치에 앉더니, 태양을 바라보고 온몸을 죽 펴며 기분 좋게 기지개를 켰다.

"당신들도 알다시피, 내가 실없는 소리를 잘 하잖아요. 내가 죽긴 왜 죽어요? 정신은 어디에서든 자유로워요. 그리고 여기는 때 되면 어김없이 밥이 나오고요."

그 순간 나는 발걸음을 돌려 그곳을 떠났다. 반란을 일으킨 자의 끝이 어떨지는 두고 봐야 하는 거야! 난 혼자 중얼거렸다. 그때 한키 작은 신사가 격렬한 몸짓을 하며 내가 있는 쪽을 향해 오는 것이 보였다. 보아하니 그 사람은 나를 가리키는 것 같았다. 그래서 나는 걸음을 멈추었다. 정말, 오늘은 멋진 날이었다.

"저 끔찍한 할아버지가 당신 가족인가요?"

그 신사가 단도직입적으로 물었다. 난 고개를 끄덕였다.

"난 이 양로원 원장이에요."

그 키 작은 남자가 말을 이었다. 기세로만 보면 꼭 나를 마구 두들겨 팰 것 같았다.

"어쩌면 사람이 저 지경으로 타락하도록 가만 내버려 둘 수가 있어요?"

원장이 두 손을 비비 꼬며 말했다. 딱히 대답할 말이 떠오르지 않아서 나는 입을 다물고 있었다. 그건 잘한 일 같았다. 원장이 이유를 설명하기 시작했기 때문이다. 원장 이야기로는 할아버지가 양로원에 오자마자, 도서관에서 알코올 제조법을 다룬 책을 찾아냈다고 한다. 그 책을 읽고 할아버지는 무엇으로든 알코올을 제조할 수 있다는 결론을 얻었다. 나름대로 꽤 논리적인 결론이긴 했다. 심지어 할아버지는 설탕만 충분히 뿌려서 발효시키면, 도로 포장용 돌에서도 알코올을 뽑아낼 수 있다고 믿었다. 할아버지는 같은 방 친구들과 함께 일종의 증류기를 만들어서 터무니없이 싼 가격으로 양로원 사람들에게 알코올을 공급하기 시작했다. 그 결과 그때까지는 평판이 좋았던 양로원이 주변 사람들에게 골칫거리가 되어 버렸다. 마침내 인근 지역 주민들이 당국에 민원을 넣어, 차라리 양로원을 일반 학교에서 교육하기 힘든 청소년들을 교육하는 시설로 바꿔달라고 거세게 항의하기에 이르렀다.

"당신 할아버지 때문에 나는 제 명에 못 죽을지도 몰라요."

원장이 신음을 토하듯 말했다. 나는 할아버지 같은 연금생활자한테 뭐 기대할 게 있다고 저럴까 싶은 생각밖에 들지 않았다. 원장이 땅이 꺼질 듯이 한숨을 내쉬며 연금생활자를 위한 잔치에서 있었던 사건에 대해 이야기를 했다. 그날은 양로원 의사까지도 함께 술을 마셨다고 한다. 술을 너무나 오래 마신 나머지 의사는 마침내 식탁 밑으로 쓰러지고 말았다. 그러자 할아버지가 나서서 주장하기를, 의사가 쓰러진 것은 과로 때문이라고 했다는 것이다.

"절대 과로 때문이 아니었어요!"

원장의 목소리가 사나워졌다.

"다 그 싸구려 술 탓이었어요. 우린 의사를 부를 수조차 없었어요. 양로원에는 다른 의사가 없었으니까요."

나는 아무 말도 하지 않았다. 나는 슬펐다. 할아버지가 여기서 그토록 화려하고 즐겁게 지낸다는 것에 슬펐고, 할아버지의 마음을 돌려 함께 집으로 돌아가기는 아예 글렀다는 것에 슬펐다. 원장은 이야기를 멈추지 않았다. 원장의 이야기는 그 다음 사건으로 이어졌다. 한번은 신문기자들이 단체로 그 양로원을 시찰했다고 한다.

"당신 할아버지가 그들에게 뭐라고 이야기한 줄 아세요?"

원장이 흐느끼듯이 말했다. 나는 모른다고 했다.

"할아버지가 기자들에게 내가 사람이 아니라, 흡혈귀라고 했어요. 밤이면 여기저기 떠돌며 할아버지와 할머니들의 피를 빨아먹는다고요. 내가 책임은 막중하지만, 봉급은 형편없는 이 자리에 눌러앉아 있는 이유가 그 때문이라는 거예요. 언젠가 나를 붙잡아 음침한 장소로 데리고 가면 내 눈에서 빛이 뿜어져 나오는 것이 보일 거래요.

심지어 내 입술을 잡아당겨 보면 흡혈귀에게서 볼 수 있는 멧돼지 어금니 같은 이빨이 드러날 거라고까지 하더군요."

홍분을 이기지 못하겠는지 원장이 갑자기 입을 다물었다. 나는 억지로 웃음을 참고 있었다.

"농민들의 격언 중에 아무리 빈말이라도 거기엔 일말의 진실이 담겨 있다는 말이 있어요."

원장이 다시 말을 이었다.

"그 말을 곧이 믿는지, 그 신문쟁이들이 정말로 나를 청소도구 창고로 데리고 가더니 샅샅이 살펴보더군요."

원장은 살기등등한 눈빛으로 나를 응시하더니, 땀에 젖은 대머리를 닦으며 행진하듯 그 자리를 떠났다.

"그런데 왜 할아버지를 내쫓지 않나요?"

내가 그의 뒤에 대고 소리쳤다.

"난 못 해요. 그가 자기 발로 나가지 않으면 모를까."

장미나무 덤불 저쪽에서 원장의 목소리가 들렸다.

*

나는 벤치에 앉아서 눈을 감았다. 위장 속에 삼켜 넣은 닭고기 때문인지 자고 싶은 생각밖에 없었다.

아, 내 목소리들이 있었지. 너희들이 날 도울 수 있을지도 모르겠다.

너희들이 밤에 계속 할아버지의 엉덩이를 꼬집는 거야. 할아버지가 여기 생활에 넌더리를 낼 때까지 말이야.

목소리들이 맑은 하늘에서 날아 내려왔다. 그것들은 자욱이 떠다니는 안개처럼 속이 빤히 들여다보였다. 그것들은 내게 화가 나 있었다.

"넌 우리가 뭐든 다 해 주길 바라니? 남자 엉덩이를 꼬집으라고? 우린 그런 일이라면 아주 질색이거든."

첫 번째 목소리가 말했다.

"그는 우리에게 아주 모욕적인 말을 퍼부을 거야. 이봐, 나방들! 못 생긴 주제에 바람처럼 돌아다니기나 하고. 역겨운 해충 같으니라고. 너희들 여기서 뭐하는 거야? 여긴 여자는 들어올 수 없는 곳이야! 뭐 이런 말들 있잖아."

두 번째 목소리가 덧붙였다.

"그런 다음에 그는 우리와 싸우려고 들 거야."

첫 번째 목소리가 종소리처럼 맑게 웃으며 말했다.

"하지만 그러면 그에게 해로울걸. 우린 주로 화학 섬유로 되어 있어서 문지르면 전기가 발생할 테니까 말이야."

내 목소리들은 못난 계집애들처럼 킥킥거렸다. 그래서 난 그것들을 쫓아 버렸다. 결단을 내리는 것이 문제라면 목소리들은 아무짝에도 쓸모가 없었다. 난 차라리 할아버지와 그의 동료들이 있는 곳으로 돌아갔다. 할아버지의 동료들은 마치 나무줄기를 토막 내기라도 할 듯이 거세게 코를 골며 자고 있었다. 그들 입에서는 직접 제조한 술 냄새가 났다. 그런데 할아버지는 탐색하듯 주위를 살피면서 조심스럽게 그들에게서 멀어지고 있었다. 나는 할아버지의 뒤를 따랐다.

양로원 입구 옆에 있는 작은 방에 한 간호사가 앉아 있었다. 눈에 익은 사람이었다. 할아버지가 몸을 구부린 어떤 성자의 조각상 뒤로 손을 뻗더니 꽃을 한 송이 내밀었다. 아하! 바로 이거였어. 악당이 따로 없다니까. 여자 때문에 날 내팽개쳐 두다니! 한동안 뜨거운 분노가 내 온몸을 휘감았다. 나는 창문 밑으로 기어갔다. 거기 가면 두 사람이 더 잘 보이고, 목소리도 더 잘 들릴 것 같았다. 난 무엇보다도 두 사람의 일거수일투족을 빠짐없이 내 눈에 새겨둘 작정이었다.

"아, 바넥 할아버지시군요."

벌써 간호사가 자그마하게 웃는 소리가 들렸다.

"뭐든 저에게 말씀하세요."

할아버지는 그리움에 애타는 자세를 취하고 나서, 열변을 토하기 시작했다.

"말, 말, 모든 것이 말뿐이군요."

그러더니 할아버지는 간호사 앞에 무릎을 꿇고 얼마 되지 않은 레퍼토리를 풀어놓았다. 할아버지의 표정에서는 고통스럽고 달콤한 분위기가 풍겼다.

"아름다운 히폴리타(그리스 신화에 나오는 아마로의 여왕)여! 우리 결혼식 날이 빠르게 다가오고 있어요. 이제 겨우 나흘 남았군요. 그때는 초승달이 뜨겠지요. 그런데 묵은 달이 어쩌나 느리게 줄어드는지. 그것이 원망스럽군요. 마치 기나긴 세월을 다른 사람의 유산으로 먹고사는 계모나 홀어머니처럼, 묵은 달이 나의 애타는 그리움을 방해하고 있으니까요."

나는 옴짝달싹하지 않고 그 자리에 웅크리고 있었다. 세상에, 저 늙은 바보가 정말 결혼을 하겠다는 건가? 할아버지는 금치산 선고를 받지는 않았다. 그래도 결혼 같은 일에 대해서는 공식적인 나이 제한이 있지 않을까?

"할아버지는 정말 거침이 없으시군요. 당장 결혼하시게요?"

간호사가 킥킥대고 웃으며 말했다. 싫지는 않은 목소리였다.

"내 말씀드리리다. 나의 맥박은 당신의 것과 함께 뛰고, 둘의 심장 속에는 오직 하나의 심장만 살고 있으며, 내 가슴은 당신의 가슴과 하나가 되어 영광에 그 자리를 내어주었어요."

"할아버지는 죽은 사람도 설득할 수 있을 거예요."

간호사가 흐뭇한 목소리로 말하며 장난꾸러기 같은 미소를 지었다.

"사랑은 너무나 많은 얼굴을 지니고 있어서 사실은 가장무도회에 지나지 않지요."

할아버지가 이렇게 덧붙이더니, 속삭였다.

"사랑스런 올가, 제게 키스해 줘요."

나는 오래된 수도원의 창문 밑에 앉아 있었다. 사실 이곳은 수도원이었는데 노인들을 수용하여 돌보는 양로원으로 바꾼 것이다. 사라지는 봄의 태양 속에서 풀들이 향기를 내뿜고 있었다. 나는 씁쓸하게 울었다. 내가 철저하게 버림받았다는 사실을 이 순간처럼 절실히 느꼈던 적은 없었다. 너무나 쓰라리고 뜨겁게 울어서인지 눈에서는 눈물조차 흐르지 않았다. 나는 온몸에 경련이 일었다. 마치 발작이 일어나 몸이 떨리는 것 같았다.

"할아버지는 말로는 모든 것을 원하지는 않는다고 하지만……."

작은 방에서 간호사가 할아버지의 청을 거절하며 말했다.

"누가 알겠어요. 처음에는 가슴을 원하다가, 그 다음에는 모든 것을 원할지."

나는 자리에서 일어나 그곳을 떠났다. 내 할아버지가 다 늙어서 구혼하는 장면을 엿볼 마음이 없어졌다. 그건 그렇다 치고, 바넥 영감님! 당신에게 결별을 선언하겠어요. 당신이 어떻게 되든 난 상관없어요. 결혼하세요. 그 여자와 결혼해 함께 사세요. 난 아무래도 좋아요. 바넥 영감님! 우리 둘 사이는 이제 끝이에요. 영원히 끝났어요. 돌이킬 수 없어요. 젠장, 당신은 나하고, 더 이상 나하고 아무 상관이 없어요.

6

. . . .

　어떤 동물들은 위험한 순간이나 아주 흔한 분노가 치밀 때 독침을 치켜세우고, 어떤 동물들은 갑각이나 껍데기 속으로 기어들어 간다. 기숙사에 머무는 동안 나는 늘 나도 그런 동물들과 똑같이 행동한다는 느낌이 들었다. 하지만 독침이나 갑각을 바라보는 다른 아이들로서는 마음이 편할 리가 없었다. 나는 그들의 표정이나 몸짓에서 그것을 확연히 느낄 수 있었다. 나는 마치 감옥에 갇힌 것 같은 기분이었지만 그것을 입밖에 꺼낼 수는 없었다. 왜냐하면 이 시점에서는 그 역겨운 노인네의 말이 옳았기 때문이다. 다시 말하면 어떤 조건에서도 정신은 자유로웠고, 시간이 되면 어김없이 밥이 나왔기 때문이다. 그러나 여기서는 내 맘대로 하라면 절대로 친해지지 않았을 사람들과 어쩔 수 없이 함께 지내야 했다. 그렇기 때문에 나는 마음이 우울했다.

우리는 여섯 명이서 한 방에서 지냈다. 그중 세 명의 여자아이는 나처럼 부모가 없었다. 다른 한편으로 그들에게는, 좋게 말해서, 그들을 돌봐줄 할아버지가 없었다. 그래서 그들은 기숙사를 이리저리 옮겨 다니며 살았다. 그들을 좀 더 자세히 관찰한 사람들이라면, 자기 힘으로 불행에서 벗어나려고 발버둥치는 그 의지력에 감탄하지 않을 수 없을 것이다. 선반공이나 청소부로 일하지 않고 힘들게 감나지움에 다니는 모습에서, 밑바닥에서 벗어나려는 그들의 강인한 의지를 읽을 수 있었다. 그런데도 나는 그들과 친구가 될 수 없었다. 그들도 나와 친구가 될 수 없기는 마찬가지였다. 우리에게는 모두 카인의 낙인이 찍혀 있었지만, 우리는 금방이라도 부서질 것 같은 자존심으로 그것을 감추었다. 한 거리에서 동시에 가게 문을 연 네 명의 구두장이들처럼, 우리는 제각기 자기 영역의 경계를 표시해 두고 있었다. 서로를 질투하고 의심하며 우리는 찌꺼기 밖에 남지 않은 사생활을 지켰다. 그래 봐야 책 몇 권, 꿰맨 팬티 몇 벌, 닳아서 너덜너덜한 가방(내 가방만은 청소년보호국의 도움 덕분에 남들이 부러워할 정도로 새것이었다.) 밖에 없었지만 말이다.

네 번째 여자아이에게는 부모가 있었다. 그런데 그들은 딸에 대한 사랑이 지나친 나머지, 이혼한 뒤에도 딸이 지낼 곳에 대해 합의를 하지 못했다. 그래서 법원에서는 그 아이를 기숙사로 보냈다. 덜떨어진 이 계집애는 자기가 얼마나 잘 나가는지를 보여 주지 못해 늘 안달이었다. 그 아이는 늘 우리에게 부모가 보낸 선물들을 보여 주고 커다란 과자주머니에서 초콜릿을 꺼내 먹으라고 권했다. 우리는 말없이 그것들을 받아들면서도, 또 그것 때문에 그 애를 한없이 미워했다. 그 애가 밤에 가슴을 에는 듯 서럽게 울 때면, 우리는 그 소리를 엿들으며 만족감을 느꼈다. 이런 만족감은 새의 눈알을 찌르는 아이들의 상상을 초월하는 잔인함과 이웃한 감정이었다. 어쨌든 그 아이가 그렇게 우는 소리를 들으며 우리는 정말 고소해했다. 사실은 그것이 인생의 정의였다. 말하자면 처벌 없이는 사랑도 없었다.

다섯 번째 여자아이는 기숙사를 천국으로 여기고 살았다. 그 애만 그랬다. 그 여자애는 집에 형제자매를 대략 30만 명은 두고 있는 것 같았다. 실제로 그 애의 형제자매들은 두 세대를 이루고 있었다. 그 아이의 아빠와 엄마는 서로를 끔찍이도 사랑했던 것 같다. 그 덕분에 채 일 년도 안 되는 간격으로 규칙적으로 하옉(그 아이네 집안의 성이 하옉이었다.)이라는 아이가 새로 태어났다. 한번은 그 여자애가 자기 형제자매의 이름을 일일이 열거하려고 한 적이 있었다. 그런데 얼마간 시간이 지나자 나는 더 이상 참을 수가 없었다. 그래서 나는 그 애가 젖먹이들의 이름을 하나하나 떠올리며 미소 짓는 모습을 지켜보기만 했다. 어떤 선생이 그 아이에게 이 기숙사에 자리를 마련해 주었다. 그 여자애는 인생을 인생 그 자체로 바라보았다. 그래서인지 그 애는 사는 게 행복한 것 같았다. 그 여자애는 주말이면 정기적으로 집에 들렀고, 헝클어지고, 두들겨 맞고, 물어뜯긴 모습으로 기숙사로 돌아왔다. 그것도 다 순수한 형제간의 우애 덕분이었다.

아마도 주변 사정이 달랐다면, 나는 지금까지 한 번도 해 보지 못했던 행동을 할 수 있었을지도 모른다. 다시 말하면, 나는 그 아이와 친구가 되었을지도 모른다. 하지만 나는 미로 같은 괴로움에 사로잡혀 헤어 나오지 못하고 있었다. 나는 넋이 나간 사람 같았다. 인간적인 감정을 전혀 느낄 수가 없었다. 기숙사에서는 아침에 집에서보다 더 늦게까지 잠을 잘 수가 있었다. 하지만 나는 늘 빅벤이 처음 알람을 울리던 시간이면 잠에서 깨어났다. 그리고 평소 같으면 넓은 세상과 가까운 주변에 대한 호기심을 담은 신문수레를 끌고 다녔을 그 시간에도, 나는 자리에 드러누워 몽롱한 정신으로 천장을 응시했다. 이곳 천장은 높이가 낮았고, 매끄럽고 깨끗하게 페인트칠이 되어 있었다. 나는 배가 고프지 않았다. 빵 부스러기가 들어 있던 찬장도 그리 생각나지 않았다. 숨을 깊이 들이마시면 일층 부엌에서 나는 커피 향을 맡을 수도 있을 것 같았다. 하지만 그래서 어쩌란 말인가?

*

그러고 나서 할아버지에게서 첫 번째 편지가 왔다. 왜 너는 양로원과 함께 집 문제가 해결되었는데 집에 오지 않느냐, 당장 기차를 타고 집으로 오라는 내용이었다.

난 편지를 팽개쳤다.

그 다음에 두 번째 편지가 왔다. 매우 자극적인 내용이었다. 내가 널 데리러 갈 거라고 생각하느냐, 그렇게 거기가 좋으면 거기서 살라는 내용이었다.

나는 아침에 두세 번, 할아버지에게 뭐라고 답장을 해야 좋을지 궁리해 보았다. 멍청한 영감님. 나를 버릴 때는 언제고, 이제 와서 집에 오라니요. 그러면 안 되죠. 교만한 꼭두각시 영감님, 난 혼자 살 거예요. 미련한 영감님. 당신 없이도, 내 청춘은 활짝 피어, 한창 때를 누리고 있어요.

하지만 난 한 마디도 쓰지 않았다. 실제로 나는 넋이 나간 사람 같았다. 마치 내가 내 자신에게서 증발해 버린 것 같았다. 결정적으로, 나는 할아버지에 대해 미움 같은 감정을 전혀 느끼지 않았다. 그래서 나는 할아버지의 두 번째 편지도 팽개쳐 두고 답장을 하지 않았다. 나는 자유시간이면 기회가 생길 때마다 침대에 누워 천장을 멍하니 바라보았다.

마침내 이르카에게서 편지가 왔다. 보아하니, 그 아이는 아예 우리 집에 거처를 두고 있는 것 같았다. 나는 집에 이르카가 있는데도 할아버지가 무던히 참고 사는 것이 신기했다. 그 아이는 편지에 할아버지가 살이 찌고 쾌활한 사람이 되어 양로원에서 돌아왔다고 썼다. 할아버지는 활력이 넘치는 생활을 하고 있으며, 내가 집에 돌아오기를 바란다고 했다. 할아버지는 이르카에게 세상에서 가장 본질적인 질문을 던지기까지 했다고 한다. "신은 완전히 죽었을까?" 그 아이가 긍정의 뜻으로 고개를 끄덕이자, 할아버지는 강하게 부정하며 이렇게 말했다고 한다. "쓸데없는 소리. 난 상당히 건강하고, 몸무게까지 조금 불었어."

이르카는 편지에서 주장하기를, 자기가 할아버지에게 비난을 퍼부었으며, 그의 손녀는 미성년자이기 때문에 자기 힘으로 기숙사를 빠져나올 수 없다는 점을 이야기해 주었다고 했다.

나는 이르카에게 답장을 보냈다. 그 아이는 내가 답장을 보낸 사실을 할아버지에게 이야기하고 그 편지를 보여 줄 것이다. 나는 그 점을 정확히 꿰뚫고 있었다. 나는 편지에 이렇게 썼다. 네가 우리 일에 관심을 가져 줘서 무척 고마워. 하지만 다 쓸데없는 일이야. 난 기숙사에서 믿기 어려울 정도로 잘 지내. 사람들도 매우 좋고. 생각보다 빨리 주위에서 좋은 사람들을 만났어. 앞으로도 또 이런 행운을 누릴 수 있을지 모르겠어. 실은 나는 정신도 멍했고, 별로 상관하고 싶은 기분도 아니었다. 그런데도 머릿속에서는 음흉한 생각이 번뜩였던 것이다.

득달같이 답장이 왔다. 할아버지가 펄쩍 뛰며 화를 냈다는 내용이었다.

나는 고소해하며 쾌재를 불렀다. 처음으로 아침에 사람들이 우리 모두를 깨울 때까지 푹 잘 수 있었다.

그 다음 편지 내용은 무척 자세했다. 이르카가 전하는 말에 따르면, 잔뜩 화가 나 있던 할아버지가 어느 때엔가, 나를 집으로 데려올 수 있는 방법은 하나밖에 없다는 사실을 깨달았다고 한다. 그 방법이란 할아버지가 내가 성년임을 입증하는 것이었다. 하지만 나는 성년이 아니었다. 이르카는 편지에 이렇게 썼다. 그래서 비슷비슷한 계획을 몇 가지 생각해 보았는데, 하나는 선서 대신 해명을 하는 것이었다. 하지만 해명은 증명이 될 수 없었다. 기록을 위조하는 것도 불가능했다. 할아버지 자신이 손을 심하게 떨었고, 페피라는 이름의 비둘기를 데리고 사는 할아버지의 오랜 친구는 이제는 전문가로서는 쓸모가 없었다. 상황이 그렇다 보니, 할아버지는 청소년보호국장을 설득하는 것이 가장 적절한 방법이라고 판단했다.

그리하여 할아버지는 이르카를 대동하고 거사에 나섰다. 두 사람은 면담 시간이 아닌데도 청소년보호국으로 쳐들어갔다.

이르카의 설명에 따르면, 이야기는 대강 이렇게 진행된 것 같다. 국장은 사람들이 나를 잘 돌보고 있다고 주장했고, 할아버지는 고개를 끄덕이며 그 사실을 인정했다. 그러자 국장은 매우 기분이 좋았다. 하지만 연금생활자인 바넥 노인이 국가를 속였다는 소식은 그에게 심한 부담을 주었다. 바넥 노인의 입에서 속임수라는 말이 떨어지기가 무섭게, 국장은 주의를 기울이며 두 귀를 쫑긋 세웠다.

"누가 거짓말을 했다는 건가요?"

국장이 할아버지에게 소리를 질렀다.

"내가 거짓말을 했어요."

할아버지가 대답했다.

"내 손녀인 야나 반코바는 내 손녀 야나 반코바가 아니에요."

이 부분을 읽을 때, 나는 거의 숨이 멎는 것 같았다. 어쩌면 이제드디어 내 과거를 알 수 있게 되었다고 생각했기 때문이었다. 하지만 할아버지의 입에서는 이 말이 흘러나왔다.

"그 아이는 내 손녀 이리나 반코바랍니다."

"그 아이에게 다른 이름이 있었나요?"

국장이 의아해하며 물었다. 그러자 할아버지는 내가 다른 이름을 가지고 있으며, 게다가 전혀 다른 사람이라는 것을 최선을 다해서 설명했다.

"국장님, 내게는 손녀가 둘이 있었어요. 한 아이는 사생아로 태어났어요. 자본주의적 인간관계의 불행한 유산이죠. 오랫동안 숨겨 왔던 그 관계의 결실로 아이가 태어났고, 그 아이는 이리나라는 이름을 얻었어요. 그 사랑의 열매였던 이리나는 어린 시절을 산촌에서 보냈어요. 그리고 그 아이의 부모는 몇 년 뒤에 결혼을 했어요. 이전보다 훨씬 더 축복받은 관계의 열매로 두 번째 아이가 태어났어요. 그 아이가 야나였는데, 몸이 허약한 데다 구루병 증세까지 있었어요. 그 아이는 곧 죽었어요. 아이의 엄마는 상심한 나머지 정신착란을 일으켜 아이의 관을 따라 무덤으로 뛰어들 정도였지요. 가족의 비극이었고, 일간신문에도 기사로 실릴 정도였어요. 아빠도 상심하여 제정신이 아니었지만, 첫 번째 아이가 아직 살아 있다는 사실이 기억났어요. 그는 택시를 빌려서 버렸던 딸 이리나를 집으로 데려왔어요. 귀여운 딸이 '사생아'라는 소릴 듣지 않게 하려고 그는 이리나를 죽은 야나라고 둘러댔어요. 다행이 그 아이는 몸집이 작아서 세 살이나 나이 차이가 나는데도 표시가 나지 않았어요. 게다가 아이의 부모는 이사를 자주했어요. 그 덕분에 호기심 많고 말 많은 여자들을 금방 떼어낼 수 있었지요."

이르카는 편지에 국장이 깊이 감동을 받았다고 썼다. 나는 웃음을 터뜨렸고, 할아버지의 모든 것을 용서할 마음이 생겼다. 하지만 국장은 다소 감동을 받았을지는 몰라도 결코 녹록한 사람이 아니었다. 그는 내가 나이가 몇 살 더 먹은 것은 중요하지 않다고 설명했다. 많든 적든 고아 한 명 때문에 국가가 더 가난해지는 것도 아니라고 했다. 고마운 얘기였다. 그리고 그는 내가 칼로리 측면에서 균형 잡힌 식사를 제공받으며 조용히 계속 기숙사에서 생활하게 될 것이라고 했다. 할아버지는 국장에게 나의 아버지가 제정신이 아닌 데다, 방화벽이 있었다고 했다. 그러면서 만일 우리 가족의 질병증세가 나타나면, 내가 기숙사를 쑥대밭으로 만들어 버릴 수도 있다고 주장했다. 하지만 그래도 아무 소용이 없었다.

마침내 할아버지는 울음을 터뜨렸다. 애간장을 녹이는 울음이었다. 닭똥 같은 눈물이 할아버지의 뺨을 타고 흘러내렸다. 그것은 할아버지가 맨 마지막에 써먹는 방법이었다. 할아버지의 영리한 계산에 따르면, 백발노인이 눈물을 흘리는 모습을 보고도 끄덕하지 않을 만큼 강심장으로 태어난 사람은 거의 없었다. 할아버지는 서럽게 흐느끼며, 자기는 늙고 의지할 곳 없이 없는 사람이고, 게다가 양로원에서 쫓겨났다며 신세한탄을 했다. 이 세상에 자기에게 물 한 잔 건네고 눈을 감겨 줄 사람 하나 없다며 울었다.

"당신은 지금 가족을 파괴하고 있어요!"

소동이 막바지에 이르자, 할아버지는 버럭 소리를 질렀다. 어찌나 소리가 크던지 국장이 깜짝 놀랄 정도였다.

"바넥 영감님은 참으로 고집이 센 분이군요."

마침내 그가 말했다.

"집으로 가세요. 우리가 나중에 소식을 드릴 게요."

*

나는 마침내 몽롱하던 정신이 다시 맑아졌다. 나는 곰곰이 생각을 하기 시작했다. 할아버지는 나를 집에 데려가려고 한다. 그건 분명한 사실이다. 국장은 할아버지의 연설에 싫증이 났을 것이다. 그럴 가능성이 매우 높다. 무엇보다도 그는 내가 기숙사에 불을 지르지나 않을까 두려울 것이다. 실제로 우리는 약간 특이한 가족이었기 때문이다. 그러므로 그는 나를 성년으로 인정하고 집으로 돌아가도록 주선할 것이다. 그러면 난 어떤 태도를 취해야 하지?

기숙사에서 주는 국을 숟가락으로 가득 떠서 입에 넣으면서, 나는 멋진 양로원으로 할아버지를 면회 갔던 그날 오후를 생각했다. 나는 내 마음을 아프게 했던 일들을 기억 속으로 불러들였고, 그 기억들을 애써 되살렸다. 가끔 사람들이 쓰리도록 달콤한 고통을 통해, 상처를 다시 한 번 경험하기 위해서 손가락에 난 작은 상처를 계속 후비듯이 말이다.

나는 어떻게 해야 할까? 나는 진심으로 집에 돌아가고 싶었다. 집에 가서 아침이면 할아버지의 기침소리를 듣고, 할아버지 가슴에 난 하얀 털에서 물방울이 아침이슬처럼 방울져 흘러내리는 것을 바라보고, 할아버지가 슬리퍼 끄는 소리를 듣고 싶었다. 배가 고프고 군대의 보급품으로 나온 양말을 신으면 어떤가! 난 집에 가고 싶었다. 하지만 아직 근본적인 문제가 해결되지 않고 남아 있었다. 과연 할아버지가 나에게 관심을 가지고 있는가, 또 있다면 얼마나 있는가가 문제였다. 청소년보호국장에게 가서 마구 떠들어 대는 것으로는 충분하지 않았다. 그 반대로 할아버지에게 그것은 사람들의 주목을 끌 수 있는 좋은 기회였다. 아니다. 할아버지는 반드시 뭔가 엄청난 일을, 전혀 예상치 못한 일을 추진할 것이다. 자기 힘으로 나를 다시 찾을 수 있는 일을 벌일 것이다. 그것도 나 없이 말이다. 게다가 난 이미, "젠장, 당신은 나하고, 더 이상 나하고 아무 상관이 없어!"라고 말한 적이 있다. 할아버지가 가르친 바에 따르면, 그것은 가장 굳은 맹세였다.

이제야 처음으로 나는 혼자서 웃었다. 그런데 할아버지가 어떤 해결책을 생각해 낼지 궁금해서 견딜 수가 없었다. 내가 다음 편지를 초조하게 기다리기 시작한 것은 그 때문이었다.

그 뒤 이르카에게서 상세한 설명이 담긴 편지가 왔다. 이르카의 말에 따르면, 우리 집에서 이상한 일들이 벌어졌다고 했다. 우편집배원이 우리 집에 와서 졸도를 했다는 것이다.

매달리고, 찔리고, 토막 난 시체들이 즐비하게 널려 있는데, 할아버지는 멀쩡히 살아서 태연하게 식탁에 앉아 있었으니, 순진한 우편집배원이 그 장면을 보고 얼마나 큰 충격을 받았을지 이르카로서는 짐작도 가지 않는다고 했다.

이르카의 이야기는 계속되었다. 사실 할아버지는 청소년보호국에서 소식이 오기를 오랫동안 기다렸다. 그런데 정작 우편집배원이 그 소식이 담긴 편지를 전해 주고 떠나자, 할아버지는 정작 그것은 옆으로 제쳐 두고 식탁 위에 올려놓은 목재더미에 먼저 정신을 팔았다. 그러면서 이르카에게 자기가 전문가로서 설명을 할 테니 들어 보라고 강요했다. 할아버지는 모든 장애인들의 꿈인 인공 팔을 만들었다고 선언했다.

"그것은 생체 전기 충격으로 작동하나요?"

이르카가 물었다. 멍청한 질문이었다.

"아니. 고무 밴드로 작동하는 거야."

할아버지가 사실대로 대답했다.

이르카는 인공 팔이 실제로 작동하는 것을 보고 놀랐다. 할아버지는 우리 몸에서 손이 잘 닿지 않은 곳을 긁는 데는 그 팔이 가장 적합하다고 주장했다.

그런 다음에 두 사람은 더 이상 참을 수가 없었다. 그들은 편지를 향해 달려들었다. 편지에는 이렇게 쓰여 있었다. "안녕하십니까. 청소년보호국 사회복지위원회에서는 당신에게 다음과 같이 알려 드립니다. 당신은 거짓말을 하였습니다. 우선 당신의 아들은 정신이상자가 아니라, 흔히 일어날 수 있는 교통사고로 죽었습니다. 둘째, 우리는 명망 있는 전문가들에게 당신의 손녀에 대한 조사를 맡겼습니다. 이 조사에서 일치된 결과가 나왔습니다. 그것은 당신의 손녀는 당신이 말하는 둘째 손녀의 언니가 될 수 없다는 것입니다. 아마 당신은 요즈음 우리에게 전혀 다른, 정확히 말하면 더 심각한 걱정거리가 있다는 사실을 전혀 이해하지 못했을 것입니다. 그럼 이만 마치겠습니다."

청소년보호국장이 눈썹 하나 까딱하지 않고 거짓말을 하고 있는 게 틀림없었다. 전문가는커녕, 누구 한 사람 나서서 나를 조사하지 않았기 때문이다. 게다가 미심쩍은 점은 무엇보다도 그 거짓말이 너무나 쉽게 간파될 수 있다는 것이었다. 왜냐하면 할아버지가 언제라도 나에게서 그들의 주장을 확인할 수 있기 때문이다. 아무래도 그들이 편지를 보낸 것은, 당국으로서는 할아버지에게 아무것도 기대할 게 없다는 점을 분명하게 말해 두려고 했던 것 같다. 그리고 할아버지도 편지를 그런 뜻으로 이해한 것으로 보였다.

이르카는 편지에서 자기가 할아버지와 서로 험한 말을 퍼부으며 싸웠다고 전하면서 부끄럽다고 했다. 나는 두 사람이 서로 싸우는 모습이 눈앞에 생생하게 보이는 듯했다.

보아하니 그렇게 싸우는 동안에, 특히 서로 욕설을 퍼붓는 동안에, 할아버지의 천재적인 머리에서 어떤 계획이 떠올랐던 것 같았다. 이르카는 계획의 초안에서 벌써 대가의 손길이 느껴졌고, 잘 짜인 세부내용에서는 그의 독창적이고 모방할 수 없는 필체가 느껴졌다고 비아냥댔다. 할아버지의 계획에 대해 낱낱이 평가하면서 이르카는 경멸감을 숨기지 않았다. 그 애가 쓴 편지는 할아버지가 얼마나 어리석은 발상을 내놓았는지에 대해 낱낱이, 모조리 늘어놓은 고소장과도 같았다. 특히 그 아이는 나는 그 계획에 대해서 눈곱만치라도 알아서는 결코 안 된다고 전했다. 그러니까 이르카는 절대 비밀을 누설하지 않겠다고 맹세하고 그 원칙에 따르는 사람들의 일원이었다. 그렇기 때문에 나는 여기에서 생활하며 모든 일에 대해 마구 수다를 떨고 있어야 했다. 간단히 말하면, 할아버지가 나를 납치하기로 결심했다는 것이다.

나는 즐거운 마음으로 눈을 감았다. 그것은 내가 처음이자 틀림없이 마지막으로 납치를 당하는 사건이 될 것이다. 그런 일이라면 마음껏 즐겨야 한다. 나는 생전 처음으로 기도를 하며 할아버지가 나를 납치하기 위해 노력하게 해달라고 빌었다. 납치의 기본 계획은 어느날 누군가가 마른하늘에 날벼락처럼 나를 납치할 것인데, 나는 사전에 그것에 대해서 조금도 몰라야 한다는 것이었다. 나는 곧바로 이르카에게 편지를 썼다. 그리고 편지에서 이르카에게 우리 사랑의 이름을 걸고 침묵을 지킬 것이며, 내가 벌써 그 계획을 알고 있다는 사실을 결코 할아버지가 눈치 채지 못하게 하겠다고 맹세했다.

그 뒤로 나는 늘 황홀한 기분에 취해 있었다. 내 인생은 앞에 커다란 즐거움이 기다리고 있는 인생으로 바뀌었다. 이렇게 즐거운 일이 있다니! 누군가가 모퉁이 뒤에서 나를 붙잡아 마취제로 실신시킬 것이다. 그리고 또, 또…….

나는 다시 할아버지를 사랑하게 되었다. 나는 할아버지의 모든 것을 용서했다. 왜냐하면 할아버지가 변하지 않았고, 또 내가 내 삶의 유일한 담보를 잃지 않았다는 사실을 깨달았기 때문이다.

마침내 봄이 여름에 자리를 내주었다. 더운 오후였다. 나는 아무에게도 눈에 띄지 않으려고 조심스럽게 기숙사의 우리 공동 침실로 기어들어가 사지를 뻗고 내 침대에 누웠다.

잠시 뒤, 하옉이 나타나 막내 하옉에게 첫 이가 난 이야기를 신나게 늘어놓았다. 막내 젖먹이에게 이가 날 때마다 대개 이야기는 바로 그 아래 갓난아기로 넘어갔다. 사람들은 인생은 영원히 그렇게 돌고 도는 법이라고 말한다.

난 하옉에게 조용히 하라고 눈짓을 주었다. 우리가 이야기하는 소리를 담당 사감에게 들켜서 방에서 쫓겨나고 싶지 않았기 때문이다. 훌륭하시고, 나이 들고, 산전수전 다 겪은 이 여자는 낮에 침대에 누워 빈둥거리는 것을 가장 커다란 죄악으로 여겼다. 그녀가 적용하는 죄악의 목록은 지나치게 단순했다. 인생의 경험이라고는 전혀 없는 나도 벌써 문학 작품을 통해서 그보다 더 큰 죄악들을 알고 있었는데 말이다.

"너 나랑 수영하러 갈래?"

하옉이 내게 관심을 보이며 물었다. 아마도 그 아이는 세례명이 없는 것 같았다. 달력에 그 아이에게 나눠 줄 이름이 더 이상 남아 있지 않았기 때문일 것이다.

"난 안 돼. 있잖아, 나 생리 중이야."

난 거짓말을 했다. 난 호수에서 수많은 벌거벗은 사람들과 함께 수영하고 싶은 마음이 없었다. 특히 비쩍 말라 뼈다귀가 앙상하게 불거진 내 몸을 바라보게 될 눈들 앞에서는 더더욱 그럴 생각이 없었다. 실제로 내 골격은 피부가 감당할 수 있는 용량보다 두 배는 더 컸다. 그래서 뼈란 뼈는 모조리 불거져 나와 있었다. 송아지가 무슨 뼈를 가지고 있는지 누가 알겠는가? 그 점에서는 나도 마찬가지였다. 게다가 내 피부가 너무 꽉 조인다는 것은 내 수영복이 그보다 훨씬 더 작게 만들어졌다는 뜻이다. 그러니 그 속에서 불거져 나올 수 있는 것은 모두 다 밖으로 불거져 나올 수밖에 없었다.

하옉이 물러갔다. 나는 다시 눈을 감았다. 갑자기 거대하고 장엄한 정적이 내려앉았다. 나는 시간의 심연에서 할아버지에 대한 나의 오래된 기억을 끄집어 올리려고 노력했다.

기억들은 나의 유일한 재산이었고, 또 사치품이기도 했다.

트림을 하게 하려고 할아버지가 나를 어깨에 대고 있던 것과 내가 할아버지의 셔츠 깃 한쪽에 우유를 토한 것이 나의 첫 번째 기억일까? 아마 그렇지는 않을 것이다. 할아버지가 그 이야기를 여러 번 했기 때문에 내가 그것을 내 자신의 기억으로 고정시켰을 것이다. 하지만 할아버지가 두 손으로 나를 붙들고 있고 내 머리가 이리저리 흔들리다가 나지막하게 트림이 나오는 모습을 상상을 하면, 나는 기분이 좋았다.

그 순간 어떤 기억이 정말 최초의 기억인지 내 뇌리에 선명하게 떠올랐다. 나는 지평선에서 지평선으로 펼쳐진 드넓은 풀밭(어쩌면 실제로는 손수건 크기 정도의 잔디밭이었을지도 모른다.) 위를 달리고 있었다.

나는 너무나 커서 발까지 내려오는 셔츠를 입고 있었다. 나는 달리고 또 달렸다. 마침내 어른들의 감시와 경고를 벗어났다는 사실에 나는 날아갈 듯이 기분이 좋았다. 나는 마치 목숨을 걸고 달리듯 달렸고, 비틀거리다 두 팔을 치켜들며 개울로 뛰어들었다. 개울 바닥에 무엇이 있었는지는 아무리 해도 기억이 나지 않는다. 아마도 내가 거기에 그다지 관심이 없었기 때문일 것이다. 하지만 할아버지가 내 두 발을 붙들고 나를 거꾸로 세운 다음, 내 입에서 물이 빠지게 하던 순간은 다시 기억이 난다. 나는 내 발목의 관절이 찢어져서 내가 거꾸로 떨어지는 것은 아닐까 무척이나 두려웠다.

물론 학교에 처음 입학하던 날도 기억이 났다. 유난히 따뜻했던 가을날이었다. 할아버지는 아끼던 여름옷을 입었다. 뱃사람의 셔츠를 입고, 밀짚모자를 쓰고, 선글라스를 썼다. 내 기억을 좀 더 또렷하게 맞춰 보더라도, 그때 그 선글라스에는 금이 가지 않았다. 할아버지는 내 손을 잡았고, 우리는 함께 거리를 따라 걸었다.

"학교에서는 수다를 떨면 안 돼."

내가 세상 속으로 들어가기 전에 할아버지는 나에게 이렇게 가르쳤다.

"그리고 뭘 알아도 손을 들지 마. 손을 들면, 지나치게 열심히 공부하는 것처럼 보일 거야. 열심히 공부하는 것은 좋은 습관이 아니야. 머리가 나쁜 아이들이 그렇게 하는 거야."

"내가 손을 들지 않으면 그 아이들이 내가 알고 있다는 걸 어떻게 알아?"

"걱정할 거 없어. 그 아이들이 너에게 물어볼 테니까. 그리고 네가 어떤 것을 알고 있다는 걸 누구나 다 알아야 한다고 생각하지 마. 학교에 대해서 너무 크게 걱정하지 마. 넌 읽고, 쓰고, 계산을 할 수 있을 거야. 그리고 나면 사람들이 너에게 봄, 여름, 가을 겨울이 있고, 일주일은 7일이라고 가르쳐 주고, 그밖에 다른 쓸데없는 것에 대해서도 알려 줄 거야."

우리는 학교에 늦었지만, 할아버지는 조금도 불안해하지 않았다. 그래서 나도 그것을 대수롭지 않게 여겼다.

"학교에서 집에 가고 싶으면 어떻게 해? 할아버지가 학교에 나랑 같이 있으면 좋겠어."

할아버지는 내 말에 흔쾌히 동의했다. 할아버지는 어쨌든 당분간은 아무 할 일이 없으니 내 옆자리에 앉겠다고 했다. 우리 두 사람은 그 해결책이 마음에 들었다. 하지만 우리는 학교에서 여자 선생님의 거센 반대에 부딪혔다. 완고한 반대라고 말할 수도 있었다. 그 선생님은 어른이 학교에서 무슨 볼일이 있겠느냐고 고집을 부렸다.

할아버지와 내가 대성통곡을 해도 소용이 없었다. 할아버지는 그 선생님에게 자세하게 사정을 이야기했다. 자기는 가난한 환경에서 태어나 학교는 문턱에도 갈 수가 없었기 때문에 누구나 다 학교 교육을 받을 수 있게 된 지금, 늦게나마 교육을 받고 싶다고 했다. 하지만 여자 선생님은 할아버지의 설명 따위는 안중에도 없었다.

할아버지는 그 선생님의 어깨에 기대어 눈물을 흘렸다. 하지만 그 선생님은 콘크리트처럼 꿈쩍도 하지 않았다. 그 선생님은 할아버지가

남자화장실에 소변을 보러가는 것도 결코 허락하지 않았고, 학교의
건물관리인에게 부탁해 끝내 할아버지를 밖으로 내쫓고, 교문을 잠
갔다.

물론 그 일로 할아버지는 기분이 나빴다. 그때부터 나는 아주 조용
하고 얌전하게 학교를 다녔다. 할아버지가 무슨 일을 꾸밀 것이라는
사실을 알고 있었기 때문이다. 역시 할아버지는 일을 터뜨렸다. 소동
이 이만저만 크게 벌어진 게 아니었다.

할아버지는 좁은 창문턱을 타고 학교 건물을 기어올라, 탐색하듯
모든 교실 안을 들여다보았다. 실신하는 교사가 있는가 하면, 학생들
이 바깥 창문턱에 사람이 있다고 주장할 때 거짓말하지 말라며 꾸짖
는 교사도 있었다. 할아버지는 그런 식으로 무사히 4층까지 올라와
나를 발견하고는, 손을 흔들며 인사를 했다. 그런 다음에 할아버지는
가까스로 엉덩이를 걸치고 앉아서 어떤 석고 장식을 단단히 붙들고
앞으로 벌어질 일을 기다렸다. 여자 선생님은 처음에는 할아버지를
무시하기로 마음먹었다. 하지만 할아버지가 빈정대는 소리를 하며
수업을 방해하자, 행동을 취할 수밖에 없다는 것을 깨달았다.

할아버지를 창문턱에서 끌어내는 일은 간단하지 않았다. 창문은 밖
으로 열리게 되어 있었다. 그렇게 창문이 열리면, 그동안 할아버지는
두 손에 의지하여 절벽 위에 대롱대롱 매달려 있어야 했다. 하지만
그건 불가능한 일이었다. 자진해서 다시 내려가는 방법도 있었지만,
할아버지는 절대 그렇게는 할 수 없다고 버텼다. 심한 현기증 때문에
내려갈 수가 없다는 것이었다. 그래서 학교에서는 소방대를 부르는

수밖에 없었다.

여기서 잠깐 말해 두고 싶은 것이 있다. 우리 반 아이들은 이런 할아버지가 있는 나를 무척이나 부러워했다. 그래서 아무도 내가 등에 책가방이 아니라 낡은 빵통을 메고 다니는 것을 눈치 채지 못했다. 그들은 모두 간식으로 싸온 빵을 내게 내밀었고, 내가 한 입 먹어 주면 그것을 커다란 영광으로 받아들였다.

우리는 수업을 진행할 수가 없었다. 할아버지가 창문을 통해 우리에게 듣기 거북한 소리를 퍼부었기 때문이다. 마침내 경적을 울리며 소방대가 도착했다. 그 소리에 학교 전체가 화들짝 놀랐다. 전교생이 납작코가 될 정도로 창문에 바짝 붙어 서서 할아버지와 소방대장 사이에 오가는 낭만적인 대화에 귀를 기울였다. 할아버지는 잡아당기면 늘어나고, 밀어 넣으면 줄어드는 소방사다리를 이용하지 않겠다고 했다. 자기는 딱히 기술에 대해 확고한 믿음을 갖고 있지 않기 때문에 차라리 구명보자기를 이용하겠다고 고집했다.

그래서 밑에서 소방대원 여덟 명이 보자기를 펼쳤다. 4층 높이에서, 특히 아이들의 눈으로 볼 때는 구명보자기가 손바닥만 하게 보였다.

"할아버지가 제대로 저 위로 뛰어내릴까?" 아이들은 이렇게 속삭이며 숨을 멈추었다. 서커스에서 가장 아슬아슬한 연기를 시작하기 전에 울리는 것처럼, 빠른 속도로 북을 두드리는 소리 같은 것이 들리는 것 같았다. 할아버지는 몸을 펴고 숨을 들이마셨다. 학교 전체가 "아아!" 하고 비명을 질렀다. 할아버지가 구명보자기 안으로 털썩 떨어졌다. 할아버지의 몸무게를 이기지 못해서 소방대원들은 무릎을 꿇었다. 할아버지가 꽤 높은 곳에서 떨어졌기 때문이었을 것이다.

*

이 시점에서 내가 살아오면서 겪었던 일들에 대한 멀고 가까운 기억을 멈춰야 할 것 같다. 이상한 신음소리가 들렸기 때문이다.

만일 티푸스 전염병이 퍼진다면, 내가 잠을 자는 방은 확실히 장점을 가진 곳이었다. 왜냐하면 그 방이 화장실 가까운 곳에, 화장실과 거의 맞붙은 곳에 있었기 때문이다. 물론 보통 때에는 방이 화장실과 가까우면, 불편할 일밖에 없었다. 여자애들이 쉬지 않고 화장실을 들락거렸고 개중에는 꼭 쾅 소리가 나도록 문을 세게 닫는 아이가 있었기 때문이었다.

할아버지는 사람이 살다보면 반드시 혼자 있어야 하는 순간들이 있다는 원칙에 따라 나를 키웠다. 태어날 때, 죽을 때, 화장실에 있을 때가 그때였다. 그런데 지금 화장실에서 들리는 신음소리와 소음은 너무 특이했다. 그 소리에 나는 마음이 불안해졌다. 직접 가서 무슨 일인지 살펴봐도 해롭지는 않을 것 같았다. 나는 당혹스럽기도 했지만, 염소와 그밖에 다른 소독약 냄새가 진동하는 화장실로 들어갔다.

이곳 화장실은 다섯 개의 공간으로 칸막이가 되어 있었다. 마지막 칸막이는 외벽에 붙어 있었고, 거기에는 천장 아래 아주 높은 곳에 자그마한 창문이 하나 달려 있었다. 우리는 그 칸막이를 제일 좋아했다. 창문 때문에 그곳은 작은 방 같은 느낌을 주었고, 거기 있으면 어느 정도 사생활을 누리는 것 같은 기분이 들었다. 그런데 그 사적인 공간에 누군가 있었다. 누가 거기서 울고 있었다. 정확히 말하면 가슴이 에일 정도로 큰 소리로 흐느끼고 있었다.

나는 사람이 우는 소리를 들으면 꽤 마음이 아프다. 하지만 할아버지가 우는 경우라면 사정이 다르다. 할아버지는 다정다감한 인간의 영혼에 속임수를 써서 동정심을 이끌어내려고 한다. 나는 잠시 그 칸막이 앞에 서서 울음소리가 그치기를 바랐다. 그런 다음에 나는 한껏 용기를 내어 문을 두드렸다. 사람을 영웅으로 변하게 하는 날이 있다. 아무래도 오늘이 그런 날인 것 같았다. 문을 두드리는 소리에 울음소리가 뚝 그쳤다.

"나와!"

내가 말했다.

"네가 누구든 상관하지 않을 테니까."

아무래도 내가 말을 잘못 한 것 같았다. 다시 울음소리가 들리기 시작했다.

"나와!"

할아버지는 반복한다고 해서 좋아지는 것은 아무것도 없다고, 나에게 반복해서 이야기해 주었다. 그래도 나는 다시 한 번 말했다. 정말로 그랬다. 이번에는 울음소리가 미시시피 강물소리처럼 커졌다.(나이아가라 폭포로 쏟아져 들어가는 강의 이름이 생각이 나지 않는다.)

"말이 통하지 않는 곳에서는 행동이 제격이지." 할아버지라면 이렇게 말했을 것이다. 그래서 나는 맨 끝 칸막이와 그 바로 옆 칸막이 사이의 벽을 타고 기어오르는 수밖에 없었다. 꼭 그렇게까지 하고 싶었던 것은 아니다. 하지만 사람에게는 본의 아니게 역사적 사건의 소용돌이에 휘말리는 경우가 종종 있는 법이다.

다행이 벽은 튼튼했고 그다지 높지 않았다. 난 기계체조와는 거리가 먼 아이였다. 철봉과 링, 평행봉에 매달릴 때 보면, 나는 영락없이 젖은 톱밥을 담아 놓은 자루였다. 호기심에 밀려 나는 벽을 타고 기어올랐고, 마침내 승마자세로 벽 위에 자리를 잡는 데 성공했다. 작은 창문이 달린 화장실 칸막이 안에 뭔가가 보였다. 문학에서는 그런 상태에 있는 사람을 기진맥진하다라고 표현한다. 자기 때문에 부모님이 서로 할퀴며 싸운다는 여자애가, 울어서 퉁퉁 부은 눈을 하고 바닥에 웅크리고 앉아 나를 빤히 쳐다보았다. 마치 내가 맥베스 부인이라는 이름을 가진 유령이 되어 그 아이에게 잃어버린 왕국을 되찾는 데 필요한 말을 제공하려는 사람이 된 것 같았다.

"계집애, 너 미쳤니?"

그 아이는 벌컥 화를 냈고, 분노로 얼굴이 빨개졌다.

"나 건들지 마."

감정이 상했는지, 그 아이가 씩씩거리며 말했다.

나는 내 노력에 대한 대가치고는 좀 섭섭하다는 생각이 들었다. 내 몸의 은밀한 곳이 칸막이의 벽에 짓눌렸다. 그런데 그 여자애가 다시 울음을 터뜨리기 시작했다.

"더 이상 살고 싶지 않아!"

나는 조심스럽게 아래로 내려가면서, 그런 순간에는 무슨 말을 해야 하는지 재빠르게 머리를 굴려보았다. 어쨌든 다시 다 괜찮아질 거라고 해야 하나? 아니면 다른 아이들은 너보다 훨씬 더 힘들다고? 예를 들어서, 베수비오 화산이 폭발하여 모든 사람들이 파묻혔을 때처럼 해야 하나? 소설에 보면, 화산 폭발에서 살아남은 몇 안 되는 사람들은 서로 부둥켜안고 서로 달래 주었다고 한다.

그 순간 쾅 하는 소리와 함께 화장실 출입문이 닫히더니, 사감이 우악스런 손으로 우리가 들어 있는 화장실 칸막이의 문을 쾅 쾅 쾅 쾅앙 하고 두드렸다. 마치 운명 교향곡을 연주하는 것 같았다.

"반코바, 원장님이 너와 이야기를 나누고 싶대. 그리고 다샤, 넌 빨리 면회실로 가 봐. 너희 부모님이 와 계시니까. 기차를 놓쳐서 늦었다는구나."

우리는 칸막이 밖으로 나왔다. 사감은 끔찍하다는 표정을 지었다.

"다샤, 네가 그런 꼬임에 넘어가다니 놀랍구나. 둘이 같이 화장실 칸막이로 들어가는 건 음탕한 짓이야!"

사감은 턱으로 나를 가리키며 말했다.

"물론 너에겐 더 이상 놀랄 일도 없지만."

나는 침실로 돌아갔다. 다샤는 내 뒤를 따랐다. 그 아이가 가방 속에 손을 넣더니 큼지막한 초콜릿 상자를 내게 건넸다.

"불결해!"

사감이 말했다.

"정말 불결해!"

사감 때문에 내가 서둘러야 할 이유는 하나도 없었다. 그래서 나는 먼저 초콜릿 포장부터 풀었다.

럼이 들어간 진짜 몽셰리 초콜릿이었다. 나는 침대에 드러누워 초콜릿이 내 입속에 한꺼번에 몇 개나 들어가는지 실험해 보았다. 다섯 개가 들어갔다. 나는 혀로 초콜릿을 입천장에 대고 눌러 으스러뜨렸다. 럼이 목을 타고 흘러들어 갔다. 굉장했다. 음탕한 짓을 할 만한 가치가 있는 맛이었다.

*

기숙사 원장은 키가 작고 뼈가 앙상한 여자였다. 만일 시인들이 원장을 보았다면, 삶이 그녀의 얼굴에 지울 수 없는 문장들을 새겨 놓았다고 읊었을 것이다. 그 문장은 이런 내용이었다.

첫째, 매일 식사 전후에 여러 번 목을 박박 문질러 닦아야 한다.

둘째, 나이 많은 사람 앞에서는 똑바로 서야 한다. 차렷 자세가 가장 좋다.

셋째, 아이들은 태어나서 어른이 되며, 어른이 되고 나면 죽는다.

원장은 이런 원칙 위에서 나와 이야기를 나누었다.

"반코바!"

원장은 자신의 박자감각에 맞춰 입을 열었다.

"국가는 고아인 너를 맡아서 보살펴 주었어. 그런데 네 기술 디자인 성적을 보니 형편이 없더구나."

"나는 절대로 진짜 고아가 아니에요."

내가 화를 내며 반박했다.

"내겐 할아버지가 있어요. 국가는 나를 보살펴 줄 필요가 없어요. 아무도 국가에 대고 나를 보살펴 달라고 강요하지 않았어요."

"사감한테서 네 생활이 극히 지저분하다는 얘길 들었어."

원장이 말을 계속했다. 마치 그때까지 나는 아무 말도 하지 않은 것 같았다.

"우리가 너의 청소부가 아니라는 사실을 알아 주면 고맙겠구나. 네가 얼마나 칠칠치 못한 모습을 하고 있는지, 멀리서 다 보이거든."

"할아버지는 자기가 옳다고 여기는 원칙에 따라 나를 키웠어요."

원장은 나를 힐끗 쳐다보더니, 의미심장한 표정으로 고개를 끄덕였다.

"바넥 씨를 성인으로 생각할 건 없어. 인간적으로 보면, 그가 남의 아이인 너를 입양해 키워준 것은 감동적인 행위야. 그런데 청소년보호국에서 내게 보낸 편지가 여기 있어. 그 당시에 맺은 입양계약이 자칫하면 취소될지도 모른다는구나. 바넥 씨가 청소년 여자아이를 적절하게 보살필 처지가 못 되기 때문이라는 거야."

나는 아무 대꾸도 하지 않고, 두 눈을 치켜뜬 채 원장을 노려보기만 했다. 마치 그녀가 화려한 무지개 속으로 사라지는 것 같았다.

할아버지가 내 할아버지가 아니고, 나를 입양한 사람이라고? 할아버지가 나에게 평범한 타인에 지나지 않는다고? 나와 할아버지 사이에 피 한 방울, 근육 한 줄, 작은 뼈 한 조각 섞이지 않았다고? 난 지금까지 거울을 얼마나 많이 들여다보았는지 모른다. 할아버지와 나 사이에 비슷한 점을 얼마나 많이 찾아냈는지 모른다. 그런데 이제 와서 청소년보호국이 나에게 가차 없는 진실을 전해 주었다. 그 모든 것이 순전히 자기기만이었다는 것이다.

원장이 이야기를 계속하는 동안에 나는 눈앞에 할아버지의 모습을 떠올렸다. 며칠 동안 면도를 하지 않아 수염이 하얗게 덮인 얼굴, 번뜩이며 불꽃이 튀는 눈, 나를 놀릴 때마다 얼굴에 떠오르는 교활한 표정, 지칠 줄 모르는 육체의 느릿느릿하고 나른한 움직임, 마르지 않는 에너지가 넘치는 정신을 떠올렸다. 내가 그 사실을 알고 있다는 것을 할아버지가 알아서는 절대 안 된다. 우리 사이를 연결해 주는 것이 아무것도 없다는 사실을 내가 알고 있다는 기색을 할아버지에게 조금이라도 드러내서는 결코 안 된다. 왜냐하면 세상 모든 것이 다 우리 사이를 연결해 주고 있기 때문이다. 우리 두 사람은 우연한 친척관계나 유전으로 물려받은 눈의 색깔보다 훨씬 더 긴밀하게 결합되어 있다. 우리는 하나 밖에 없는 학설을 구성하는 두 개의 핵심 문장과 같은 사이였다. 문득 내 안에서 어떤 깨달음이 느리긴 하지만, 멈추지 않고 퍼져나갔다. 그것은 앞으로는 할아버지가 나를 책임지는 것이 아니라, 내가 할아버지를 책임져야 한다는 깨달음이었다.

나는 비굴한 표정으로 원장을 향해 미소를 지었다. 알다시피 그녀와 토론을 하는 것은 의미가 없었기 때문이다. 원장의 얼굴은 송화기만 있는 전화기를 닮아 보였다. 그런 다음에 나는 자리를 떴다.

*

나는 원장실 출입문 안에서 흰 야회복을 입은 한 키 작은 남자와 부딪혔다. 그는 멀리서부터 자기는 가축 상인인데 납품문제를 상의하고 싶다고 큰 소리로 떠들었다. 나는 복도로 나왔지만, 아무래도 그 노인을 어디서 본 듯하다는 인상을 지울 수가 없었다. 쓸데없는 소리. 난 그런 생각을 버렸다. 자기가 좋아하는데 흰 야회복을 입고 돌아다녀서는 안 될 이유가 있나?

그동안 어스름이 밀려들었다. 기숙사 앞 잔디밭에 천막이 세워져 있었다.

"저 사람들은 미장이들이야. 기숙사를 수리할 거래."

사감이 우리에게 말했다. 그녀의 말은 영문 모를 소리임이 분명했지만, 나는 무슨 일이 일어나고 있는지 여전히 감을 잡지 못하고 있었다. 하늘에서 첫 번째 폭죽이 터지고, 바로 그 뒤를 이어 두 번째 세 번째 폭죽이 터졌을 때에야 비로소 나는 무슨 일이 벌어지고 있는지 이해가 되었다. 납치였다! 번개처럼 그 생각이 스쳤다. 마치 누가 내 머릿속에 대고 그 소리를 불어넣은 것 같았다. 나는 복도를 내달렸다. 흰 야회복을 입은 그 키 작은 남자가 모퉁이를 돌아 달려와 내목을 움켜잡고, 마취제를 묻힌 솜으로 내 코를 눌렀다. 그는 콧수염으로 변장을 한 흐보이카 노인이었다. 나의 온몸이 전율에 사로잡혔고, 눈앞에서 불꽃이 튀었다. 그리고 그 다음 일은 더 이상 기억이 나지 않았다. 뒤에 사람들이 해준 이야기에 따르면, 밑에서 요란하게 "와!" 하는 소리와 함께 인디언 복장으로 변장한, 미장이라고 했던 사람들이 화장실 창문을 장악했다. 흐보이카 노인이 밧줄을 떨어뜨리자 밑에 있던 사람들이 거기에 줄사다리를 묶었다. 노인에게 몇 번 따귀를 맞고 나더니 내가 다시 의식을 회복하여 반쯤은 몽롱한 상태로 밑으로 기어 내려갔다. 그 시간에 화장실에 앉아 있던 여자애는 기절을 했다. 우리를 향해 달려들던 기숙사 직원들은 흐보이카 노인이 발사하는 소화기의 흰 거품 앞에서 꼼짝달싹도 하지 못했다. 그가 그렇게 엄호를 해 준 덕분에 우리는 무사히 퇴각할 수 있었다.

그동안 원장은 영웅처럼 행동했다. 그녀는 위험에도 아랑곳 하지 않고 기숙사 밖으로 달려 나왔다. 마침 그때 그들은 나를 그 악명 높은 유모차에 우겨넣고, 그 위에 (내가 질식하지 않도록 구멍을 여러 개 뚫어 놓은) 덮개를 덮은 다음, 앞에서 사용했던 밧줄로 전체를 꽁꽁 묶는 중이었다. 자칫하면 계획을 신속하게 진행하는 데 방해를 받을 수도 있었기 때문에 그들은 남은 마취제를 가지고 원장을 마취시키는 수밖에 없었다. 그리고 그녀를 재빨리 기숙사 앞에 있는 개집에 집어넣으려고 했지만 개집에 비해 그녀의 몸집이 너무 컸다.

그런 다음 남자들은 유모차를 붙들고 기차정거장을 향해 뛰었다. 할아버지는 흐보이카 노인의 돈으로 승차권을 사고 유모차는 화물로 부쳤다. 나머지 남자들은 각자 흩어져 화장실에 자리를 잡았다.

승차권 살 돈을 낭비하지 않으려면 그 수밖에 없었다.

*

끔찍한 여행이었다. 마치 내가 어린 시절에 다리를 잃었는데 갑작스럽게 기상이 변화하여 절단되고 남은 다리 부분에 통증이 밀려오는 것 같았다. 나는 목이 뻣뻣했고 마취제 때문에 속이 메스꺼웠다. 덮개에 구멍이 나긴 했지만 숨쉬기가 힘들었다. 게다가 여행은 하루 종일 걸리는 것 같았다. 마침내 내 몸이 마비상태에서 깨어났다. 나는 유모차가 둥근 머릿돌로 포장한 도로 위를 덜커덕거리며 달리고 있다는 것을 깨달았다.

그러고 나서 내가 여덟 번이나 세게 머리를 부딪치고 나서야 우리는 우리 집의 계단에 도착했다. 유모차가 멈추고, 밧줄이 잘리더니, 덮개가 걷혔다. 할아버지가 억센 두 팔로 나를 끌어내더니 두 발로 세웠다. 그러나 나는 마치 풀이 베어져 넘어지듯 쓰러졌고, 내 두 다리는 마치 낡은 재킷의 소매처럼 흔들거렸다.

나는 침대로 기어 올라가 환하게 빛나는 흐보이카 노인의 얼굴을 바라보았다. 그는 정말로 흰 야회복을 입고 있었다. 그것은 그가 재봉용품 가게를 하던 시절, 그에게 남은 유일한 것이었다. 나는 브라다취 노인의 얼굴도 쳐다보았다. 그는 마침내 엄청난 양의 구리가 숨겨져 있는 장소에 대해 정보를 얻을 수 있을 정도로 공을 세웠다는 생각에 무척 기뻐하고 있었다. 이르카의 얼굴도 보았다. 그 아이는 끓어오르는 감정을 맥주잔 속에 따를 수 있다고 생각하는 것 같았다. 할아버지의 얼굴도 보았다. 할아버지는 작전이 훌륭하게 마무리되었다는 것을 확인하고 하품을 했다. 그것은 연극의 마지막 장이 끝났으니 이제는 잠자리에 들어야 한다는 신호였다.

흐보이카 노인과 브라다취 노인은 몸을 일으켰다. 하지만 브라다취 노인은 정보를 얻지 않고서는 떠나지 않겠다고 했다. 할아버지는 그의 어깨를 안고, 그를 세계 모든 나라의 지도가 걸려 있는 벽으로 안내했다. 곧이어 소름이 끼칠 정도로 으르렁대는 소리가 들렸다.

"저 자를 가만 두지 않겠어."

브라다취 노인이 소리를 지르며 할아버지를 관 주위로 할아버지를 뒤쫓았다. 누구라도 그 노인의 처지였다면 그럴 수밖에 없었을 것이다.

흐보이카 노인과 이르카가 브라다취 노인을 붙들었다.

"난 멕시코에 있는 구리광산을 저 사람에게 유산으로 물려주었어요."

할아버지가 천사 같은 표정을 지으며 폭탄선언을 했다.

브라다취 노인이 돌연 그 자리에 주저앉았다. 그는 경멸이 가득 담긴 몸짓으로 우리를 비키라고 하더니 밖으로 나갔다. 브라다취 노인처럼 욕심 많은 사람에게 그것은 견디기 힘든 일이었을 것이다.

이르카만 우리와 함께 집에 남아 있었다. 그 아이는 칭찬이나 인정과 같은 것을 기다리는 눈치였다. 나는 다시 내 감정의 우물의 밑바닥으로 뛰어들어 이르카에 대한 사랑을 바가지가 철철 넘치도록 퍼올리려고 애썼다. 나는 찾을 수 있는 것은 남김없이 끄집어냈다. 그러자 그 아이에게 조금은 고마움이, 조금은 연민과 애정이 느껴졌다.

우리는 한동안 서로를 바라보았다. 우리는 대사를 적어 넣는 풍선 모양의 칸이 머리 밖으로 솟아오르는, 만화속의 두 인물 같았다. 내 칸에는 분명히 "xyrxxrrfsdghhj"라고 쓰여 있었다. 그것은 무슨 생각을 해야 좋을지 도무지 모르겠다는 뜻이었다.

밖에서는 바람이 일었다. 창살 뒤에서 작은 깃털뭉치 두 개가 마치 서로 엉겨 붙은 밝은 회색 솜뭉치처럼 춤을 추고 있었다.

"히히히!"

내 목소리들이 웃는 소리가 들렸다.

"행실 바른 여자애가 두 남자 가운데 하나를 고르는 것처럼 보이는데. 그럼 대결을 벌여야지!"

흥, 멍청한 목소리들 같으니! 나는 떳떳하게 내 생각을 말할 수 있었다. 어쨌든 남자 둘이 남자 하나보다는 났다. 그것은 아담 리제(16세기 독일의 수학자)가 이미 증명한 바 있다. 바로 그 순간, 내 자신도 전혀 예상하지 못한 일이 벌어졌다. 내가 이르카의 왼쪽 귀에 키스를 한 것이다. 살짝 입맛 다시는 소리가 났다. 혀에서 호두아이스크림이 녹는 기분이 들었다.

"집에 가."

내가 말했다.

"하긴 내일도 날은 날이니까."

나는 한 번 더 이르카에게 키스를 했다. 이번에는 오른쪽 귀였다. 귀에서는 버번바닐라 향기가 났다.

창문 뒤에서 밝은 회색 깃털뭉치가 바람에 이리저리 흩날렸다. 마침내 낭만적인 저녁 위로 장막이 내려앉았다. 할아버지의 코고는 소리가 점점 높아졌다.

7

＊＊＊＊＊＊

내가 잠에서 깼을 때, 할아버지는 여전히 꿈속이었다. 나는 자리에서 일어나 알코올버너에 불을 붙이고, 물을 담은 주전자를 올려놓고 나서, 총검으로 빵을 잘랐다.

빅벤이 울렸다. 할아버지가 일어났다. 나는 할아버지에게 누구와 작별한 느낌이 든다고 말했다. 내가 내 목소리들이 떠났다는 사실을 정확히 알고 있는 듯한 기분이 들었기 때문이다. 혹시 내가 어떤 왕자하고 키스라도 했었나?

"너에겐 더 이상 그 목소리들이 필요 없어."

할아버지가 말했다.

"할아버지, 있잖아."

나는 마음이 상했다.

"나보다 더 그것들이 필요한 사람이 누가 있어?"

"네겐 내가 있잖아."

할아버지가 단호하게 말했다.

"만일 할아버지가 세상을 떠나면?"

할아버지가 가볍게 가슴을 쓰다듬더니 기침을 시작했다. 이윽고 아침연주회를 끝마친 할아버지가 입을 열었다.

"내 정신은 계속 살아 있을 거야."

"하지만 그게 어떻게 계속 살아 있을 수가 있어? 할아버지하고? 아니면 나하고? 도대체 어떻게?"

나는 자신감이 사라졌다.

"얘, 내가 그걸 어떻게 아니? 30년이 지난 뒤에 다시 내게 물어봐."

갑자기 나지막한 신음소리와 함께 내 마음속에서 오색영롱하게 반짝이던 부드러운 비누 거품 하나가 펑 터졌고, 그 터진 자리에서 눈물이 흘러내렸다. "영원한 시간이 지나고 삼일째 되는 날 내게 다시 물어봐!" 만일 할아버지가 이렇게 말했다면, 그 마술은 영원히 효력을 잃지 않았을 것이다. 그런데 30년이 지난 뒤에 물어보라니! 30년은 너무 평범한 시간이었다. 그래서는 마술이 통하지 않는다.

나는 할아버지를 바라보았다. 까칠까칠한 콧수염에, 다리에 파란 정맥이 보이는, 늙고 창백한 한 남자가 보였다. 나는 주머니에서 브뤼셀 양식의 레이스가 달린 상상속의 손수건을 꺼내 조심스럽게 눈물을 닦았다. 눈물이 금방이라도 가슴에서 위장으로 흘러내릴 것 같았기 때문이다. 그런 다음 나는 찻잔에 설탕 세 조각을 넣었다. 앞으로 우리에게 시간이 얼마나 남아 있든 우리 둘 다 원기를 유지해둘 필요가 있었다.

"난 우리가 누구인지 알아."

할아버지가 말했다.

"그리고 말을 안 해서 그렇지, 나는 벌써 매우 많은 것을 알고 있었어. 자기 입으로 그걸 말할 수 있는 사람은 거의 없잖아. 그런데 너 설탕 너무 헤프게 쓰지 마."

"할아버지, 그러니까 우리가 누구라고?"

차 맛이 기막히게 달콤했다.

"우린 이 대지의 소금이야."

나는 할 말을 잃고 할아버지를 응시했다. 맙소사, 할아버지는 앞으로도 절대 자신의 과거를 돌아보며 반성하지 않을 생각일까? 할아버지가 불에 덴 손가락을 후후 불고 나더니, 한 마디 덧붙였다.

"멍청한 양이 우리를 남김없이 핥아먹지만 않는다면 말이야."